대만 독자분들께 ♥
당신만의 소양리 북스키친을
만나시길 바라며 - :)
祝您平安
김지혜

給台灣讀者：
希望您能遇見屬於自己的昭陽里小書廚房：）
祝您平安
金智慧

# 來小書廚房住一晚

金智慧 김지혜——著
尹嘉玄——譯

# 目錄

序章

# 昭陽里
# 小書廚房

소양리 북스 키친

凌晨降下的雨，夾著雪花掛在纖細的梅樹枝條上，留下濕潤的痕跡，之後消失無蹤。陽光蒼白，近似春日的光線映照著樹枝，使周遭逐漸變得柔和，彷彿有春天的氣息在乾枯生冷的冬日面貌間若隱若現。

下午兩點，柳真仔細檢查著進入收尾階段的地板磁磚鋪設。她突然抬起頭，因為一陣甜蜜淡雅的芳香從玻璃窗外飄進來——她為了讓新落成的建築物通風換氣而將落地窗徹底敞開。婀娜多姿的梅樹伸展著優雅的身姿傲立在窗外，彷彿在向人問好般輕晃了一下翠綠的新芽；照不到陽光的樹枝上結著一粒粒渾圓飽滿的花苞，彷彿隨時會奮力綻放，而照得到陽光的枝條上則已經開了朵朵梅花，上頭還沾著水珠，有如剛從睡夢中醒來的嬰兒，仰著稚嫩白皙的小臉。

柳真走到落地窗前，拉開紗窗，尚未積滿灰塵的紗窗輕鬆就被拉開，相當順暢。山腳吹來的風像海浪一波波接踵而至，與此同時，隱隱梅花香也填滿整個室內。柳真發現這是她此生第一次如此近距離觀賞梅花，於是仔細地端詳如雪片般的可愛花瓣。白雪皚皚的花瓣像極了昭陽里小書廚房的地板磁磚顏色，而梅樹後方，在小書文旅開幕前先洗好晾曬的白色床單隨風飄蕩，雖然不確定剛才她聞到的那股淡雅甜香究竟是梅花香還是柔軟劑的香味，但不論如何，柳真的心情都像梅花花苞一樣美好。

柳真站在窗邊回頭看，環顧整個小書咖啡廳的內部，頂天的書櫃還未擺上書籍，大部分仍空蕩蕩的，宛如樣品屋裡的空書櫃，而預計擺書的位置安裝了燈管，像是在照亮空無一人的舞臺似的散發柔和的光芒。

這裡應該很快就會變成充滿書香味的空間吧。

這時，一張用膠帶張貼在牆上的Ａ３紙張映入柳真眼簾，那是歷經反覆思忖與修改才好不容易完成的設計圖，上頭用鉛筆和原子筆做滿記號，也寫了一些細微的調整事項。設計圖已經滿佈皺痕，看得出時間的痕跡，對比周遭剛落成而一塵不染的空間，顯得格外突出。柳真輕撫圖稿上的鉛筆字跡，沒想到過去一直只有透過設計圖和３Ｄ模擬圖看到的室內全景，竟在現實世界中完美呈現，令她感到不太真實。

昭陽里小書廚房是一個複合式空間，結合了「小書咖啡廳」和「小書文旅」。前者是販售書籍、舉辦各式活動的空間，後者則是提供顧客閱讀、休息的空間，由四棟建築物組成。首先，小書文旅占其中三棟，每一棟皆為兩層樓的獨棟別墅；其餘一棟的一、二樓則分別是小書咖啡廳和員工宿舍。這四棟建築物皆與座落在中庭的玻璃植物園相連，換言之，四棟是以中庭為中心，呈十字型包圍環繞。

小書咖啡廳的正面有一大片落地窗，從窗外映入眼簾的昭陽里風景，簡直就像一幅天然畫作，梅樹後方連綿起伏的山稜線一目了然。柳真望著好似飄逸裙襬的曲線不禁心想，這一切實在太像夢境。對於生長於首爾的柳真來說，高聳入雲的摩天大樓、二十四小時便利商店、連鎖咖啡廳、錯綜複雜的地鐵路線、社區公寓組成的城市風貌，遠比眼前這片昭陽里景色來得真實。

「柳真姊！你幫我看看有沒有掛歪。」時禹在外頭大聲呼喊。

「喔，等我一下！」

柳真用右手重新拉上紗窗，把左手握著的捲尺放進圍裙口袋，隨即小跑步出去。時禹和亨俊正在昭陽里小書廚房建築物旁的咖啡廳懸掛兩公尺長的布條。

布條上寫著「昭陽里小書廚房開幕籌備中——四月一日起開放訂房住宿！」大大的字樣，下方還有聯絡電話和 Instagram 帳號。

「嗯！應該差不多了。等一下喔，我來拍張照！」

柳真從工作圍裙的口袋裡掏出手機，在相機都還沒完全對焦的狀態下就連忙按了快門，她只是想要確認布條有無掛歪，所以也沒太留意對焦等問題。現在的她還渾然不知，等時序變換、季節更替，再偶然看見這張照片時會有多麼懷念，照片中時禹的瀏海被風吹得掀起、面露燦爛笑容，亨俊則一臉淡定，維持著他一貫的面無表情。

亨俊是昭陽里在地人，也是小書廚房工作夥伴，時禹則是他的表弟，兩人的性格可以用一個是冷湯一個是熱湯來形容，相差甚遠；時禹比較外向，情感豐沛、善於社交；亨俊則內斂沉穩、比較獨立，完全是天秤的兩端。柳真看著跑來確認照片的時禹和緩緩走來的亨俊，心想要是有個人可以將他們倆的性格綜合一下該有多好。

「時禹，你不覺得左邊好像有點高嗎？」

時禹歪頭仔細瞧了瞧手機畫面。

「嗯……不知道欸，倉庫底下那顆柱基石本來就有點歪，所以可能會覺得看起來歪歪的。」

「亨俊，你覺得呢？」

「我覺得看起來……沒什麼問題。」

「對吧？」

時禹和亨俊對瞄一眼，同時笑了出來，互相擊掌。這種時候，這兩人又很像是共享同一個靈魂的雙胞胎。

柳真看著他們倆的背影噗嗤一笑，環顧座落在連綿起伏山稜下的昭陽里小書廚房，由四棟樓組成的現代式建築物，有如遊戲裡才會出現的道具般矗立眼前。柳真已經分不清楚這裡是何處、現在是西元幾年、今天是星期幾，十個月來的旅程像一場夢，甦醒後就會被徹底遺忘。

如果有人問柳真為何偏要在鄉下開書店的話，她實在不曉得該如何回答。雖然她總是把退休後要隱居靜謐的森林、把自己埋入書堆掛在嘴邊，但她也萬萬沒想到，自己三十二歲就會在昭陽里開一間複合式書店。

自從柳真下定決心買下昭陽里的土地之後，暴風等級的忙碌行程就像等待已久似的蜂擁而至。她申請了營業登記，迅速將位於住商混合大樓內的房子處理掉以支付簽約金，還為了取得土地擔保貸款而焦急地等待銀行審核結果通知，手中持有的股票也幾乎全數賣掉做為許可和建築相關費用。為了取得咖啡廳營業許可證，她接受相關培訓，另外，她也認為自己需要具備一些基礎咖啡知識，所以固定去咖啡師執照補習班上課，然後和時禹引介的建築師討論設計圖到凌晨。除此之外，幫小書咖啡廳挑選陳列的書籍、馬克杯、筆記本、環保袋等商品並進行簽約，也十分耗時又耗神，甚至還要無止盡地翻閱裝潢雜誌，尋找參考資料來挑選家具、裝飾、燈具和電子產品等。

光是決定「昭陽里小書廚房」這個名字就耗時逾兩週。當初柳真在苦思如何替一個充滿書香的空間取名時，想到其實每一本書都有其獨特的韻味，且該韻味也會依照每個人的喜好而有不同感受；因此，基於希望這裡能像主廚按照顧客口味推薦餐點一樣推薦書籍，且如同吃到美味食物會感到療癒一樣，讓顧客來閱讀書籍並放鬆心靈，所以取名為「小書廚房」——飄散著濃濃書香，引人聚集，掏出真心互相安慰、給予鼓勵的那種空間。如今，這場忙碌的暴風終於平緩許多，直到柳真回過神來，才發現自己已經登入陌生的世界。

她突然感到一陣飢餓，因為早上只吃了一個乾掉的甜甜圈和半顆蘋果，還沒吃午餐。她正在等待原本預計會在上午送達的書籍——用來陳列在小書咖啡廳裡的，但因為昭陽里小書廚房尚未在導航系統上登記確切的地址，所以經常發生司機找不到路的情況，今天她也是一直等到下午兩點仍不見宅配人員的身影。

柳真轉頭望向正看著平板進行討論的時禹和亨俊，開口問：「書不知道什麼時候才會送來，要不要趁現在先去市中心吃個午餐，順便去賣場一趟？亨俊你也剛好可以直接在那邊下班回家。」

第一章

# 與奶奶的
# 夜空

할머니와 밤하늘

國中時期的多仁，參加選秀比賽是她週末的主要行程，不，應該說是所有行程會更貼切。雖然她的歌唱實力備受評審認可，但是獨缺明星樣貌的評語總是如影隨形。多仁也心知肚明，每當她照鏡子看著有嬰兒肥、只擦防曬乳的自己，就會想起在試鏡場上看到的那些美貌出眾的參賽者。明明她們也都沒整形，五官卻像洋娃娃般精緻，走在路上，不分男女老少、有意無意，絕對會被吸引，忍不住多看幾眼。多仁每次抵達選秀現場，都會目不暇給地看著那些宛如已出道明星般擁有完美外表的試鏡者，暗自懷疑是否真有培育素人成為藝人的英才教育學校？

後來她透過一間小型唱片公司，以「黛安」的藝名正式出道，卻未得到任何關注，因為當時一年有數十組偶像團體同時出道，真正能存活下來的新人屈指可數，未受矚目的偶像團體會在短時間內如古墓般被人徹底遺忘。多仁的唱片公司甚至是第一次栽培新人，當然，他們也請來五、六名在業界擁有豐富經驗的人指導多仁，但行銷或服裝方面就不可能像大型經紀公司那樣有一套專業流程，所以很像是大學社團的感覺，以開會為名，實際上卻是「這種怎麼樣？」、「聽說還有那種方式」等聊天情形多不勝數，每次一聊就好幾個小時，最後則是口徑一致地認為「多仁不適合走偶像路線」，唯有這點是肯定的。

當時女子偶像團體「Delicious」稱霸韓國舞臺，只要提到偶像團體，每個人都會第一個想到「Delicious」。她們清一色有著芭比娃娃般的身材、甜美的眨眼、撒嬌，以及彷彿被倒滿世上所有幸福粉末於一身的甜死人不償命笑容。「是啊，我的確稱不上偶像。」多仁看著她們，默默接受了公司的安排。然而，假如這個社會不允許她成為偶像，那麼究竟該將她定義成什麼就成了十分尷尬的問題。公司雖然有考慮過以小小年紀出道做為主要宣傳訴求，但當時比多仁年紀更小就已經在準備出道的孩子不計其數；如果以「外表普通可愛，但歌唱實力遠超過瑪麗亞．凱莉」來形容她，也絕不可能引起大眾的好奇與關注，加上多仁當時沒有填詞、作曲，所以也無法用創作型歌手來宣傳包裝。

然而，多仁以「黛安」身分出道僅僅三年，就坐穩了國民妹妹的位子。她最大的武器就是善於聆聽和表達。有一次，一個晚間十點的廣播節目中，由於一名固定來賓臨時放節目組鴿子，由多仁代打上陣，沒想到竟然創下了當週最高收聽率。後來節目製作人便邀請多仁擔任固定班底，之後短短不到半年，多仁就成了五個廣播節目的固定來賓。

多仁特有的溫柔口吻，無疑是將來賓的故事升級成美味佳餚的得力助手。透過廣播傳播出去、略微沙啞卻十分討喜的口吻，像和好姊妹聊天一樣嘰嘰喳喳聊個不停。多仁就像一塊精心製作卻略有瑕疵的巧克力馬芬蛋糕，可愛也迷人地閃耀著。節目來賓都因為多仁的溫暖與好口才而得到心靈上的慰藉，再加上出其不意的歌曲獻唱也是一大亮點。多仁不僅完美翻唱爆發力十足的瑪麗亞．凱莉的〈Hero〉，還一邊彈木吉他一邊甜唱傑森．瑪耶茲的〈Lucky〉。這些影片上傳到YouTube之後被不斷地瘋傳，變成無人不曉的經典影片。

〈春天〉是多仁初次擠進流行音樂排行榜的歌曲，一首爵士樂，歌詞講述一名在便利商店打工的少女，每到春天就夢想去摩洛哥旅行。樂曲和多仁特有的音色十分契合，跳脫了韓國流行音樂特有的節奏和旋律，曲風有點像獨立音樂，同時具有大眾化的元素。當初推出這張專輯時並沒有立刻引發熱烈迴響，然而，一名男偶像在綜藝節目上唱了這首歌的幾個小段落後，掀起了翻天覆地的變化——從高中生在畢業旅行集體跳〈春天〉的舞步影片成為焦點開始，接著成為手機廣告配樂，發行三個月後開始在流行音樂排行榜上急起直追，一路乘風破浪前進。緊接著發行的數位單曲〈只要那樣就足夠〉，一上市就衝上排行榜第一名，並且整個月獨占鰲頭，MV則在YouTube上創下點擊率歷史新高，接任廣告模特兒的邀約也如雪片般蜂擁而至，因為所有廣告商都一眼看出這名臉蛋平凡卻有著清透嗓音的女孩，絕對會成為樂壇的明日之星。

多仁有一種瞬間衝上雲端的感覺，畢竟三個月前還沒什麼人聽過「黛安」這個名字，現在有愈來愈多人會主動認出黛安。她成了各大媒體爭相邀請的嘉賓，專輯客串邀約不斷，海外市場同樣反應熱烈，在iTunes亞洲音樂排行榜上名列前茅，瞬間爆增的粉絲把多仁當成全能的神一般看待。

多仁感到相當害怕，自己其實和三個月前沒有任何不同，但是整個社會對待她的方式驟變，人們會用擁有驚人的實力來形容她，並且熱衷於她。她小心翼翼，深怕這些突然暴增的人氣會像緩緩升起卻瞬間爆破的泡沫，脆弱不堪。

時間流逝得像節奏緊湊的舞曲，令人措手不及。轉眼間，多仁堅守的所謂「大明星」頭銜也邁入第八年，在大眾心中，多仁已是「可愛少女」的形象，會將她想像成粉彩色馬卡龍般甜蜜夢幻的少女。ＭＶ裡的多仁身穿碎花百褶洋裝，面帶甜美笑容跳著舞，無數男粉絲都是看著黛安的影片度過孤單寂寞的情人節，數年來，她也是十世代少女們心中的最佳楷模。

然而，其實比起碎花洋裝，多仁更鍾愛黑白色帽Ｔ，平時在錄音室會安靜地專注在自己的世界裡，和維他命廣告中活潑開朗的樣子截然不同；十多歲時也不會對著玩偶或聖誕節蛋糕驚喜歡呼，反而經常思考生死的意義，喜歡獨自鑽研、探究、沉思。當然，在父母眼中仍是可愛無比的女兒，但不是會撒嬌、愛聊天，反而是思慮深遠、喜怒不形於色，細心、體貼、默默照顧人的類型。

也許正因如此，多仁經常覺得廣告或綜藝節目中的自己是被公司塑造出來的，對於有可能在一夕之間形象被拆穿，反遭大眾攻擊深懷恐懼。

那是個難得沒有行程的週四。多仁原本想睡到自然醒，最終仍拖著疲憊的身體起床。前一晚她輾轉難眠，直到凌晨三點多才好不容易睡著，但是因為接連作了好幾個夢，根本沒有充分休息到。

夢中的多仁腳踩高跟鞋，在長廊上奮力奔跑，因為現場廣播節目即將開始，她就快遲到了。然後夢境突然轉成攝影棚，多仁正活潑大方地主持談話性節目，卻察覺到來賓們的臉色逐漸暗沉，甚至面無表情。她不知所措，驚恐萬分，雖然仍敬業地努力控場，但驚慌的神色已被攝影機以特寫鏡頭捕捉。

多仁驚醒，夢境裡的最後一幕如一片灰煙，在她眼前緩緩消散。多仁半睜著眼走到客廳，披頭散髮地打開電視。電視裡的她帶著完美妝容在談話節目中侃侃而談，有說有笑，笑容可掬，節目片尾也播放著多仁的ＭＶ，畫面中呈現著她自己看了都驚豔的甜美可人模樣。

多仁突然覺得電視裡的自己宛如空殼。她開始感到混亂，雖然成為歌手是她從小的夢想，但並不是為了討大眾喜愛而唱歌。她原以為自己是憑藉獨特的音樂風格與對話方式接近大眾，也被大眾喜愛，但看來是自己誤會了。不知從何時起，黛安成了一件收藏品，只是供大眾收藏罷了。

那天晚上，她躺在床上，耳邊突然傳來自己的心跳聲，有如火車從遠處行駛而來，轟隆、轟隆，而且愈來愈大聲，彷彿近在耳邊；接著呼吸變急促，彷彿在一片漆黑中被某隻手掐住脖子，隨著施力漸強，自己的氣息愈來愈微弱。

轉眼間，多仁已置身於一場夢境，夢裡的她被關在大型玻璃箱裡任由大眾觀看，她一下變成在孩子面前耍寶的小猴子，一下變成年輕上班族都說可愛的皇帝企鵝，搖搖擺擺地走著，後來又變成動物園裡最有人氣的熊貓，隱藏著自己的情緒，面露憨笑。玻璃箱三百六十度皆可供人觀賞，有人在現場用手機對著多仁開直播，也有人像在選遊戲道具一樣隨意幫變成動物的她挑選服裝、毛髮顏色、飾品等。在那裡面，沒有任何可以讓多仁展現悲傷、憤怒、孤單或震驚等情緒的地方。

＊＊＊

多仁十分懷念奶奶，奶奶和她的性格明顯對比，是個極度樂觀主義者，就算遇到痛苦或生氣的事情，出去散個步、曬曬太陽，就能把所有不愉快拋諸腦後，再次迎接全新的一天。從奶奶身上完全找不到波濤洶湧的情緒，她永遠像在一片靜謐的湖水上悠悠乘船的那種人。

對多仁來說，奶奶的那雙手是秀氣又溫暖的暖爐。每次她只要超過一週沒有睡好，跑去探望奶奶，奶奶總會面帶和藹微笑來回輕撫她的腹部，不會多問。

奶奶其實從未聽過多仁的歌，因為在多仁成名之前，奶奶的耳鳴問題就愈發嚴重，幾乎不再收聽廣播也不看電視。但多仁反而喜歡奶奶從未聽過她的歌曲，因為周遭總是充斥著自以為是又愛妄下評論的人，一下說她這次的新歌多厲害，一下又說哪個部分以前都唱得上去現在卻不行等等。多仁喜歡奶奶總是接受真實的她，會默默借出自己的膝蓋給她當枕頭，雖然肌膚有些粗糙，撫摸多仁的手卻依舊溫柔。

每次只要被奶奶輕撫腹部，多仁就很容易入睡，彷彿韓屋屋簷下吹來的徐徐涼風、燉湯四溢的香氣、遠處傳來的狗吠聲、被夕陽染紅的天空也都希望她可以熟睡似的。奶奶開朗正面的能量傳給了多仁，多仁在那裡一口氣連睡十個小時，一個夢都沒有作。睡醒之後，她會和奶奶一起散步，在鄉下路邊購買盒裝的水果；和奶奶一起去五日市集，挑選大媽們獨愛的花褲；在鄉下市場外帶豬肉湯飯回家，從奶奶家的前院採摘自己種植的新鮮生菜和辣椒，再到醬缸臺上各舀一匙辣椒醬與大醬，將兩者攪拌均勻，加入一點芝麻香油和芝麻粉，用來當作沾醬食用。

重回昭陽里其實是衝動之下做的決定，多仁很清楚奶奶早已不在昭陽里——她三年前住進療養院，一年前離開了人世。奶奶過去居住的韓屋由四棟建築物組成，已經超過一百五十年歷史，如今早已易主，一方面為了負擔奶奶生前龐大的醫療費，另一方面，妥善管理韓屋其實需要滿多費用。透過電話中母親的轉述，多仁得知奶奶的韓屋已被挪移到附近的遼闊腹地，兩年前改建成韓屋飯店，唯有兒時玩躲貓貓的最佳躲藏點——倉庫沒有被撤掉，還保留在原地。

倉庫可說是混亂的結晶，除了一扇緊貼在天花板下的小木窗，裡面沒有任何窗戶，因此，即使外頭豔陽高照，倉庫裡也顯得幽暗。和其他孩子玩躲貓貓時，只要躲進這間倉庫裡的貝殼鑲嵌櫃，十之八九就絕對不會被找到，儘管有當鬼的孩子來倉庫找人，也會因為堆放著耕作用的鐽子、過去養牛時使用的牛鼻繩和石磨，以及散落一地的不知名紙堆、大大的相框、積滿灰塵的運動器材等，而選擇輕輕伸腳踩進倉庫，瞄一眼便連忙轉身離開，因為他們害怕遇見蜘蛛或昆蟲。

**昭陽里小書廚房開幕籌備中——四月一日起開放訂房住宿！**

多仁凝視著布條，下方寫著說明文字：「充滿撫慰與鼓勵的小書廚房，可以閱讀、寫作、分享的小書文旅&小書咖啡廳」。雖然布條被風吹得啪啪作響，但是多仁沉浸在自己的思緒裡，沒有感受到風的氣息。

多仁輕歎一口氣，要是早點得知此事，就能把奶奶的房子買下來。不管是改建成別墅還是當成工作室使用都好，可是爸爸不希望多仁太過留戀奶奶，將奶奶的愛牢記於心就好，不要過度沉溺於悲傷的情緒。

去年五月，住在美國的大伯一家人和在西班牙經營民宿的三伯一家人回來韓國一趟，原本各自忙於生活的八兄妹，幾個月前才協意要將奶奶生前的住處賣掉，把土地所有權交棒給他人以後，再進行遺產分配。畢竟活著的人還是要向前走，爸爸也知道多仁患有失眠症，雖然尚未察覺到多仁的恐慌症，但總之希望女兒可以把關於奶奶的記憶妥善收藏於內心的某個抽屜裡。多仁也理解爸爸的用心良苦，因此，在她聽聞這片土地已經賣掉時也沒有特別生氣，她只是想要實際走訪一趟彷彿可以感覺到奶奶的地方。

被陰影遮蓋的山腳下，屹立著征服荒蕪寒冬、冒出一顆顆花苞的梅樹，宛如有話想說卻緊閉雙唇的青春期少女，沿著枝條排隊集合。

假如九歲的多仁懷抱著成為偶像歌手的夢想，對奶奶嘰嘰喳喳說個不停，想必奶奶也只會莞爾，向多仁提議一同出門去買麻花來當零食吃而已。不曉得奶奶會不會也有許多話想對多仁說？

當時多仁牽著奶奶的手一同前往市集的那條窄道依舊如初，宛如裙襬的起伏山坡也一如既往，唯有眼前的建築物是陌生的。

冷風像是在警戒陌生建築物和布條似的發出低沉又冰冷的呼呼聲。如今，古老且充滿故事的韓屋已不復見，眼前是由四棟樓組成的現代式四角形建物，屋頂以木材覆蓋，遼闊的大露臺從外頭便能看得一清二楚。

矗立在此地的四棟四角形建築物旁，有一間不到兩坪的咖啡廳，像廂房一樣單獨座落在一旁，屋頂是深褐色，整間咖啡廳是以大片落地玻璃打造，所以裡面的咖啡機、咖啡豆、濃縮咖啡杯和托盤等都清晰可見，佈置得像是只提供外帶服務的迷你咖啡廳。奶奶專門用來種植蔬菜的前院變身成花園，小巧可愛的花盆一個接一個整齊排列，還有一座印第安帳篷宛如雜誌拍攝道具般放置在花園裡。明明看起來溫馨又有設計感，不知為何，多仁的內心一隅感覺有些悶塞。

就在那時，乘著陽光的風徐徐吹來一股甜甜的氣味。多仁環視四周，找尋這股芳香來自何方，於是看見了那間迷你咖啡廳旁有棵梅樹正在用力伸展樹枝，和當初被奶奶悉心照料時的模樣如出一轍。樹枝在風的吹拂下像是在揮手示意般輕搖晃動，多仁不自覺地朝那棵梅樹走去。

迷你咖啡廳與梅樹高度相近，兩者並排矗立。然而，多仁覺得咖啡廳的柱基石有點眼熟，仔細一瞧，只有地上的檻光滑無瑕，看起來應該是沿用了原本倉庫下的石頭。多仁這才意識到，本來位在梅樹旁的倉庫已經搖身變成落地玻璃環繞的迷你咖啡廳，等於是保留了建築物原本的結構，但是整體空間改用落地玻璃呈現，將老舊的樣貌改裝翻新，以現代化的咖啡廳風格重生。她看著光滑無瑕的倉庫柱基石，忍不住眼眶泛淚，卻又不禁莞爾。

多仁其實沒有很喜歡春天，因為滿開的花朵彷彿在向世界宣告，要人忘掉過去那段凜冽荒蕪、一片死寂的冬天。每到春天，人們都會談論新希望、新挑戰、新開始，然而，說不定春天只是出於無奈、逼不得已而開花。它可能還記得過去那段幽暗也不一定，就算再次變得黯淡，也要以自己的方式努力扮演好角色、盡到身為春天的本分，僅此而已。

大部分人認為春天會捎來充滿希望的消息，每到春天，就是克服憂鬱、失敗、挫折、沮喪，重新出發的時機，呼籲大家清理、放下過去，擁抱新希望與新目標。世人也期待多仁能夠像迎接春天的這棟新建築一樣，面露璀璨笑容，至於荒廢已久的老舊倉庫則最好盡快忘掉……所以她理所當然以為倉庫應該早已不見……

可它竟然還在。只是以稍微改造過的模樣和梅樹感情要好地並肩而站，光滑無瑕的柱基石像是記得過往歲月似的靜靜駐守在原地，彷彿以前奶奶見她回來會輕拍她的背說「怎麼現在才回來～」的感覺。多仁強忍淚水，想起奶奶曾經對她說過的話：

「梅花是最期待春天到來的孩子，它會引頸期盼，等到察覺山坡後頭有春天的氣息慢慢靠近，就會滿心歡喜地開花迎接。不過，要是碰上乍暖還寒、大雪紛飛的時候，花瓣會被融雪浸濕，顯得楚楚可憐。但奶奶我呀，就是因為這樣才喜歡梅花，只要和它在一起，就會不自覺地跟著期待春天，畢竟它可是比誰都還要搶先察覺到春天氣息的花朵。尤其那絲毫不畏春寒、奮力開花的氣概，最迷人。」

＊＊＊

「你是……徐振亞作家嗎？」

柳真在女子身後放下手中的大紙箱，主動向對方搭話。為了紀念小書文旅正式開幕，他們邀請徐振亞作家在昭陽里小書廚房待兩天，寫下心得後記，這是行銷活動的一環。柳真收到作家的簡訊通知，預計會在今天下午五點抵達，因此，她看見呆站在昭陽里小書廚房前的女子，便以為是徐振亞作家。

站在前方的女子轉身說：「噢，我只是剛好路過……」

柳真不自覺地望著這名回眸的女子許久，感覺那張面孔似曾相識，她的表情也如慢動作般緩緩映入柳真眼簾。雖然柳真已經超過五年沒有好好看電視了，但是那張如冬陽映照般透白的臉龐，身穿簡約的黑色長大衣、像極了模特兒的女子，讓她不禁心想該不會是女明星吧？就在這時，抱著紙箱跟在後頭的時禹嚇了一大跳，突然停下腳步。

「咦？黛安怎麼會……來這裡……我的天啊！這是什麼情形……」

時禹驚慌失措，將紙箱拋摔在地，雙手摀住嘴巴，用力搖頭。女子看著時禹的反應面露從容微笑，看似早已習慣面對這種情形。

多仁對於眼前這位詢問自己是不是作家的女子沒有認出自己而感到神奇，心想：「原來就是她買走了這塊地。」她感到安心不少，因為女子有著溫婉的雙唇和善良隨和的眼，應該是個宅心仁厚、穩重寡言的人，要是被奶奶見到，絕對一眼就會滿意。

多仁這下終於有種甩開長期黏在腳下陰影的感覺，露出微笑。那不是站在音樂頒獎典禮紅毯上或廣告拍攝現場的攝影機前會露出的表情，比較像是安心地鬆了一口氣。

「原來。所以以前這裡是您奶奶的住處囉？好神奇喔！」

「對，我以前還在這個後院裡爬柿子樹，不小心摔下來。秋天的時候我和姊姊上山去採栗子，親眼看到那些栗子覺得很神奇，所以就算被佈滿刺的外殼扎手也樂此不疲，一直撿到太陽下山。還有為了捕蝴蝶而揮動捕蝶網，結果一腳踩進滿是牛糞的田地裡。」

多仁津津樂道地說著在奶奶家的回憶，柳真則是帶著一種彷彿在窺探多仁童年的心情靜靜聆聽。比起洋裝更愛穿吊帶褲的小女孩，一點也不怕爬樹，就算不甚跌入農田也會咯咯傻笑。

「感覺好像真的來到奶奶家，總覺得沒有特別尷尬或陌生。」

「好像真的是呢，您看起來心情很好，哈哈。」

「啊，請叫我多仁就好，不知為何在這裡只想被叫多仁，而不是黛安。

其實就算接受採訪或寫日記都很少有回憶往事的機會，但是今天來到這裡，竟然就喚醒了我所有以前在奶奶家的回憶，彷彿看見當時的自己在這周遭蹦蹦跳跳。」

淺灰色條紋馬克杯中飄散濃醇的美式咖啡香。她們面前擺著從附近店家買來的肉桂鬆餅和核桃磅蛋糕，甜蜜的香氣和咖啡香融合在一起，瀰漫在空氣中。多仁啜一口咖啡，環顧四周，最後將視線停在玻璃窗外的一棵梅樹上。

「我記得那棵梅樹，那是奶奶非常用心呵護的一棵樹。當她在大廳廊臺上坐著挑揀辣椒、剝豆莢時，梅樹就像背景一樣站在奶奶後方。也是奶奶告訴我，梅樹是春天最早開花的樹……」

多仁走到可以看見梅樹的玻璃窗前，用充滿感性的眼神望著已經開始冒出花苞的樹枝。柳真也走到多仁身旁，與她並肩站著，打開窗戶。

「我從一開始就沒打算動那三棵梅樹，因為看起來都是有年歲的樹木，長得實在太好，典雅美麗。其實原本位在這裡的倉庫，我們也是直接保留它的原基地，重新蓋建成相同大小的咖啡廳。」

「嗯，我有發現柱基石還在。坦白說，我看到的時候內心有點激動，因為以前玩躲貓貓的時候很常躲在這裡。」

多仁流露真心歡喜的眼神，柳真也不自覺莞爾。

「當初提議將倉庫空間改造成咖啡廳，專門供顧客外帶咖啡的人就是他，這裡的一號夥伴——時禹。」

柳真起了個頭。多仁接著望向時禹，露出燦爛的笑容。時禹像個青春期少年一臉羞澀地跟著傻笑，但當他和多仁四目相交時，彷彿又腦袋一片空白，什麼話都說不出口，害羞到不知所措的模樣惹得柳真笑個不停。多仁再次向時禹道謝，微笑說：

「每次只要回來奶奶家，我就會睡得非常安穩。其實我有失眠問題，不清楚確切的原因，但接受過心理諮商，也有服用藥物，卻都只是短暫有效，最終還是會回到原點。不過不知道為什麼，只要待在奶奶身邊就自然會有睡意。我奶奶三年前住進療養院，一年前去了天堂……有時候我會夢到奶奶家，每次都有和煦陽光流瀉進來。奶奶身穿美麗的韓服，一語不發地保持微笑，然後就會聞到一股栗子森林特有的氣味，那是我小時候經常去玩耍的地方，而我則置身於一片被紅紫色光影交疊的朦朧世界裡。但是，每次只要一想到如今奶奶家已經不見，就很不捨，所以如果睡到一半醒來，就會到天亮都難以再次入眠。」

「原來如此……」

柳真沒有做錯任何事，依然不禁感到抱歉。每個人都有想要守護的回憶，自己卻好像不經意地對某人的回憶做出了越矩的行為。

柳真繼續說：「其實我也有類似的經驗，自從來到昭陽里以後，感覺每晚都有人哄我入睡一樣，能睡得十分香甜……」

多仁看著柳真的眼睛，點頭微笑。一陣帶著感傷回憶的沉默瀰漫在空氣中，彷彿奶奶的氣息還留在某處，溫柔地擁抱這個空間。

多仁溫和地笑著提問：「不過，你是在什麼樣的因緣際會下買下這塊土地的呢？因為下面新吉里才剛開通一條新公路，可以連到高速公路，我以為大家都對昭陽里不感興趣了呢。」

柳真揚起嘴角，腦中浮現一間迷你鬆餅店的畫面。

＊＊＊

「不是……所以真的沒有其他辦法了嗎？」

「就是因為時間緊迫啊！今天都已經五月十二日了，我一定要在六月一日前完成簽約啦，老闆！」

被稱呼為老闆的男子已經有點面紅耳赤。他拿起放在桌上的水杯，像在喝燒酒一樣將白開水灌進口中。他身上的銀灰色西裝看起來材質昂貴，卻因為尺寸太小而有些阻礙行動，顯不出貴氣。鬆餅店老闆娘在廚房裡不停向外張望，瞄向他們的座位，眼神透露著好奇他們會不會演變成全武行、何時該插手等憂心。

面部漲紅的男子繼續說：「我一個月前不就說過了嗎？我們兄弟姊妹只有現在能聚在一起。不只喔，我應該三個月前就對你說過了。哎呀，真是！都跟你說了，我大哥一家人要是回去美國，就真的不知何時才會再回來！」

原本好聲好氣的男子似乎也忍無可忍，開始語帶不耐。

「不是啦，我們都有詢問過，周遭能放消息的早都放了，甚至還冒昧聯絡住在鄉下的朋友，問他們有沒有意願。還有朋友的朋友住在大田，難得說想買一塊地，我花了一整天的時間超級認真向他介紹這塊地和周遭環境，但是隔了一週都沒回應，直到昨天才打來跟我說應該不會買……」

坐在對面認真回答、束手無策的男子，看上去年約四十幾歲、將近五十，有著一張憨厚的方臉和一雙柔和大眼。明明正值冬季，他的額頭卻結滿汗珠，頻頻用手擦拭，泛紅的臉似乎是受到鄉下烈日曝曬所致。他繼續用慢條斯理的口吻解釋，但一直被說話快速又直爽的銀灰色西裝男子的氣勢輾壓。

「不是嘛！所以你應該把好幾個人放進候選名單，然後都帶他們去看看啊！我們這麼多兄弟姊妹，要同時聚在一起多麼困難，你知道嗎？我母親都過世超過百日了，要是再不解決這件事，兄弟姊妹真的會為了分財產翻臉啦！」

「是，老闆，我們明白您的意思，都明白，所以才會四處探問，甚至問到其他地區的朋友，看他們有無意願，光是帶看土地的次數就至少超過二十次了。」

不停解釋的男子似乎對於一直回答同樣的內容感到厭煩，語氣也愈發無奈。

「看過地的人到底哪裡不滿意？」

身穿銀灰色西裝的男子將椅子拉向前，臀部緊貼座椅，上身前傾，一副準備洗耳恭聽的模樣。

「不知道欸，客人通常都不會細說理由吧……我猜可能是因為土地面積太大。其實這附近也有釋出許多腹地用來蓋聯棟住宅，大概七十五坪或五十坪，但老闆您的地有兩百五十坪，其實還滿大的……更何況這裡的交通也比下面那個村差了一點，要從山腳下多爬一公里上來，周遭又沒有任何方便的設施。」

銀灰色西裝男子聽完這段回答，滿臉鬱悶地抓起一旁的水杯，將剩餘的白開水大口灌下。

他們暫時中斷對話。陣陣涼風從敞開的窗戶外吹來，原本忙著烤鬆餅而吵雜的廚房也在不知不覺間變得安靜。迷你鬆餅店裡溫暖甜蜜的香氣早已散去，擺在兩名男子中間的冰淇淋鬆餅有如孤零零的孩子被獨自晾在桌上，圓圓的香草冰淇淋球已經往一側傾斜融化，宛如土石流崩塌，但兩人都仍沉浸在各自的思緒中。

柳真面前還有一片吃剩一半的肉桂鬆餅，她其實是看到社群網站上許多人分享便慕名而來。這間店的鬆餅以牛排般的厚度聞名，她還特地趁店家剛開門就來趕緊卡位。甜甜的肉桂鬆餅和香濃的美式咖啡組合非常值得推薦，鬆餅的美味程度更是不在話下。

一開始，柳真只是基於好奇而偷聽隔壁桌的談話，但其實兩位男子的嗓音本來就比較宏亮，加上店面不大，不想聽他們對話都難，更何況柳真也無事可做。她的圓桌座位和男子們的大長桌座位之間，剛好是偷聽群眾可以假裝自己什麼都沒聽見的距離。

不過，在一旁聽著聽著，柳真內心不禁開始動搖，起初只是像蝴蝶振翅般輕微抖動，後來變成地震般強烈搖晃，彷彿手機一直在震動的感覺。柳真的風衣外套上還沾著那天清晨馬耳山上的冷空氣，晨曦像是在對她低聲耳語。

柳真挺起腰桿，用手機搜尋資訊，再點開計算機功能，敲打數字鍵盤估算了一番，最終顯示出來的數字告訴柳真，這並不是風險最低的方案，但正因為有人具備冒險犯難的勇氣，這世上才不存在所謂充分的資料。做出某項決定，其實就是在表明自己接受未知風險的意願。柳真拿起手機，默默起身，緩緩走向依然沉浸在各自想法中的兩名男子。

「那個……不好意思，冒昧打擾了，您們剛才說的那塊地……可以帶我去看看嗎？」

聽到柳真這麼說，兩名男子不約而同地望向彼此，其中一人連忙起身，可能是一時心急，膝蓋還撞到桌腳，讓桌子發出嘎嘎聲響，盤子也像摔落似的喀啦作響。

「喔……可、可以！您要現在就去看嗎？」

＊＊＊

「那天看完這塊地之後，一週內就在合約上用印蓋章了。」

簡要說明完這段過程之後，柳真自己也覺得實在太荒謬而噗嗤笑了出來。如今回想，其實當時的處境也沒有走投無路到需要急著出手買地。柳真和多仁也相視而笑。

「哇，老闆執行力一流！不過這樣聽下來，我猜您當時在鬆餅店遇到的男子應該是我爸爸呢，哈哈哈！」

「什麼！所以是那位身穿銀灰色西裝的人是……」

兩人同時放聲大笑。就在此時，柳真的手機發出震動，來電顯示「徐振亞作家」，柳真說了聲抱歉，起身走到角落接電話。原本說好下午五點要抵達的作家說自己剛開車出發時，不慎擦撞到停車場裡的其他車輛，需要請保險公司來處理，還要去修車廠一趟，所以今天不克前來了，非常抱歉。柳真請作家放心，擇日再約即可，掛上了電話。

柳真重返坐位，望著凝視窗外的多仁的背影，開口說：「那個……你要不要在這裡留宿一晚？原本說好今天要來這裡的作家臨時有事無法前來，我們店也還在試營運，所以沒什麼客人。」

為了讓徐振亞作家在小書文旅體驗住宿，他們已將所有客房打掃完畢，從盥洗用品到毛巾、吹風機、插座、茶飲、咖啡等一應俱全，房間也很溫暖，而且連隔天的早餐都事先準備好了。面對突如其來的邀約，多仁像個期待已久的孩子，興高采烈地立刻撥打電話通知經紀人。公司接獲多仁突然要在鄉下獨自外宿的消息不免擔心，但經過多仁的解釋——是在奶奶家原址重建的旅店過夜，目前仍處於試營運階段，所以沒有其他客人，也有良好的保全設備，絕對安全——好不容易說服了經紀人。

其實多仁接下來一週都休假，原訂要去夏威夷度假，機票和住宿都訂好了，但就在出國前一天，她突然心血來潮想要和奶奶做個道別，於是獨自開車前來這裡。柳真聽著多仁與經紀人對話，請對方協助更改機票和住宿行程，露出了微笑。

柳真本來預訂了附近的定食餐廳要帶徐作家去用餐，但因為外出用餐可能會為多仁帶來諸多不便，於是臨時決定直接在小書廚房親自下廚並用餐。柳真和時禹從冰箱裡找出既有食材，雖然做不出豪華大餐，但應該可以煮出一桌菜色。多仁自告奮勇，表示自己也想幫忙。她將煎蛋捲需要用到的紅蘿蔔切絲，還將放入蘿蔔湯裡熬煮的白蘿蔔切成方塊狀，切菜的手勢堪比孩子在玩扮家家酒，笨拙又生硬。多仁坦承自己幾乎從不下廚，甚至連煎荷包蛋都不會。她一邊在湯碗裡打散四顆雞蛋一邊咯咯笑，還站在冒著蒸氣的湯鍋前一臉嚴肅地試味道，確認醬油加得夠不夠。

當廚房裡忙得一團亂的時候，夜幕也悄悄低垂。

「您來這裡有想做的事嗎？」

用餐時，柳真詢問多仁。

多仁喜歡柳真對她使用敬語。也許是年紀很小就出道的緣故，大部分人即使和多仁初次見面，也都會理所當然地直接對她使用半語。多仁目不轉睛地盯著柳真的雙眼，彷彿在注視她瞳孔深處似的，一言不發，陷入沉思。柳真感覺自己像在觀察女明星拍廣告，心想原來「日常即海報」這句話真是千真萬確，看得出神。最後，多仁和她終於眼神交會，微笑回答：

「我想看星星。以前每次來奶奶家，我都會躺在院子裡的平床上，觀賞夏夜繁星。看著一片彷彿會傾洩而下的銀河，心想那該不會是某種生物在宇宙的另一頭發射光芒？要是能在奶奶家再看一次星星就好了。」

「嗯……星星的話最好是在夏天觀賞會比較漂亮呢！現在已經三月，但晚上還是和冬天一樣冷。您是歌手，要是嗓子著涼就不好了。」

多仁的眼神浮現一絲失望，不過最後還是溫柔地默默點頭，似乎是想將失落的情感隱藏起來，選擇接受現實。

「也是，的確會滿冷的……」

「啊，那個……」

這時，時禹突然插話。他似乎已經不再把多仁當女神看待，畢竟身穿灰色帽T、對話爽朗的多仁，的確和站在華麗舞臺上演出的專業歌手黛安不同。

時禹帶著遲疑的眼神繼續說：「我有冬天用的睡袋……呃，可是已經超過一年沒洗，所以有點不好意思……味道可能會有點……哈哈哈！」

三月的夜空魅力無窮，忽明忽暗的雲朵四處飄散，月亮被雲朵包圍，若隱若現，唯有星星不受影響，密密麻麻佈滿夜空。

那天晚上的天色尤其明亮，雖然周遭沒有一盞路燈亮著，但是從二樓露臺環視四周，彷彿有另外開燈似的明亮。月光下，樹葉在微風中搖曳，都市噪音消失，由遠處傳來的鳥啼聲和樹枝被風吹的摩擦聲取而代之。

柳真窩進飄散著有點酸臭與霉味的睡袋裡，躺了下來，只剩一張臉露在外面。天空一片星海，雖然明知天上存在著諸多繁星，但是像這樣親自透過雙眼見證又是截然不同的感受。柳真像是第一次察覺到天空的奧祕似的，心想：「每天活在框架裡的我，會不會哪天也能飛上宇宙去旅行？我現在看到的這些星星中，有些說不定是已逝的行星傳遞的訊息，顯示著自己曾經存在過的痕跡，所以我可能是在看它過去的某個瞬間也不一定。」宇宙越過了漫長歲月的鴻溝，在向人們搭話。

三人維持了一段靜默。由於只有兩個睡袋，柳真和多仁各用一個，時禹則身穿冬季針織毛衣和長版羽絨外套，層層包裹住身體，再把小書廚房裡的毛毯統統搬出來，鋪在地板上躺著。木吉他演奏的爵士樂透過藍芽音響傳出來，樂音就像穿梭在星光間的迷霧般，做為陪襯，就連依舊帶著絲絲涼意的早春寒風都像是在屏住呼吸觀賞一部宇宙上演的莊嚴ＭＶ。

柳真想像著過去在這個空間裡的歲月痕跡，在腦海中勾勒以前的人們在韓屋裡欣賞星空的畫面。多仁則想起了奶奶，宛如寒冬中的烤地瓜般溫暖，和奶奶一起抬頭仰望星空的夏夜不停在她腦海盤旋。時禹也想起了自己在某個晚上從鷺梁津的補習班走出來，走著走著，不禁被夜空中忽明忽暗的星星吸引，目不轉睛地盯著觀賞。

「這是我第一次看到這麼多星星。」

多仁打破沉默道，時禹也深吐一口氣，點頭表示認同。

多仁繼續說：「我現在的心情有點微妙，天上應該本來就有這麼多星星，而且應該一直都在那裡。我怎麼會到現在都沒發現？這件事被我徹底遺忘。」

柳真凝視著浩瀚星海，想起了遠眺馬耳山雲海的那個凌晨。

「是啊……很神奇吧。其實剛才我還沒說完。我在初來昭陽里旅行的那天，還沒去那間迷你鬆餅店之前，去了馬耳山看日出。那天凌晨也是像這樣群星密佈，熠熠生輝，雖然不像打翻在夜空中流淌的銀河，卻像在湛藍海洋色的天空下，保持著固定間距、閃閃發亮的溫柔星光……」

＊＊＊

柳真從馬耳山頂上往下俯瞰，世界就像一片汪洋深海，獨自擁抱著古老的祕密。山脊被黑影層層遮擋，前方有朵朵白雲，有如一幅真實的水墨畫，眼神掠過的每一處都是熟睡的凌晨。那上頭則有一層好似大海的寂寥飄浮在空中，被遺忘的記憶幻化成靜謐微風，時不時在後頸輕拂而過。

天色變化萬千，不知不覺間，山後方的天空逐漸轉亮，東邊山稜上的天空也被染上了橘紅色，雲朵呈現潔白色澤，像暫時停駛的火車靜止不動，鋪蓋在山脈間的白霧也像火車冒出的蒸氣。另一頭的天空萬里無雲，只剩月亮獨自高掛，直到陽光照亮大地，整片風景才找回日常的原貌。彷彿暫時停駛的火車再次按時刻表啟程似的，小鳥也在耳邊縱情鳴唱。

柳真站在馬耳山瞭望臺上看日出，想起像迷霧般早已消失無蹤的那些小事。柳真以前常去開會到深夜的共享辦公室已被陌生人的筆記型電腦占據；原以為很了解自己而深信不疑的前輩也與她爭吵不休；曾經一起共事的那些人已經各奔東西，好比一條滿地落葉的街道被一掃而空，彷彿什麼事情都未曾發生過。柳真想起了那間空無一物的新創辦公室，以及和努力勸阻她創業的前輩一起去的延南洞迷你紅酒吧，雖然都是從非常細微的變化開始，但是驀然回首時，那些曾經的熟悉早已變成認不得彼此的陌生關係與景物空間。度過幽暗無光的凌晨，再經過發光發熱的時期，轉瞬間，那早已褪色斑駁、渺小孤寂的空間……

＊＊＊

「……要是那天沒有親眼看到鎮安郡的馬耳山雲海，我可能不會做出決定，只會將兩位男子的話當成一段鬧劇，一笑置之。畢竟昭陽里對我來說是個素未謀面的地方，我從小在首爾長大，理所當然以為自己會一輩子在首爾生活。買下昭陽里兩百五十坪的土地這種事根本不在我原先的人生規劃裡。」

柳真的臉上浮現一抹淺淺微笑，多仁把暖暖包貼在臉頰上，繼續專注聆聽柳真訴說。

「當時剛好我領導的新創公司被其他公司收購，於是我自己封閉了兩個月左右的時間。雖然是將公司的智慧財產權賣給新公司，不算是徹底的失敗，但還是不免感到人生好空虛，毫無意義。過去我一直向前看齊、賣力奔跑，為了開發專案、做出說服客戶的簡報，長達三年沒日沒夜、不分假日地埋首工作。直到變成無業人士之後，我才將先前買了卻一直擺在書櫃裡的書拿出來看。那本書在講述一名人生崎嶇的女子，她在英國鄉間蓋了一間旅店，在漫長的寒冬中，吸引了擁有各種故事的客人到此借宿一週。讀完這本書後，我很想去附近走走、安排一趟小旅行，所以才會選擇去馬耳山看日出，然後來到昭陽里。」

夜深人靜的三月絲毫不給春天插足的餘地，凜冽寒風吹得三人臉頰都快凍僵。寒冷的歲月如自動播放的影像，在柳真的腦海輪番上演。

柳真繼續說：「那天下午，和房地產大叔一起來看昭陽里這塊地的時候，我不禁萌生或許自己也能像小說中女主角一樣的念頭，而且凌晨看到的馬耳山雲海彷彿也在鼓勵我這麼做。」

多仁的經紀人接近午夜才抵達，三人剛從露臺轉移至小書咖啡廳，準備小酌。深夜獨自開車行駛過鄉下田間小路來到此處的女經紀人，不僅面相親切，態度也很真誠，一點也不做作。她身穿黑色長羽絨外套、頭戴棒球帽，讓人馬上聯想到電影導演。經紀人在多仁平時喜歡的一間位於聖水洞的麵包店買來各式各樣的麵包，也順便帶了一組糕點師傅親自混合調配的草本茶，東西多到桌面快擺不下，名符其實的「一桌麵包」。

多仁高興歡呼，直接拿起桌上的法式巧克力麵包邊嚼邊問柳真：「您已經選好要展示哪些書籍了嗎？」

柳真拿了一包焦糖風味的南非國寶茶包，放進杯裡，用開水沖泡。她搖了搖頭回答：「還沒選好，而且書籍配送的速度也比我預期的耗時，所以可能要在這週完成下訂才行。對了，您喜歡看什麼書呢？或者您最近讀過最喜歡的書是哪一本？」

多仁思考了一會兒，時禹眼神發亮，一副聚精會神的樣子，似乎是在等待書名一登場，就要立刻掏出腦海裡的記事本將多仁的回答抄寫下來，展示在心裡的主書架上。

「我喜歡崔恩英作家的《明亮的夜晚》[1]，讀那本書的過程中我一直想起奶奶，不禁好奇如果是純粹以『女人』的角度而非『奶奶』的角色來看她，她會是個怎樣的人，而且讀完後還有一種心裡被溫暖填滿的感覺。」

時禹點頭的模樣像極了擁有一雙明亮黑眼的貴賓犬。柳真強忍笑意，緩緩啜飲一口茶，才向多仁點頭回應：

「是啊，有另一本書很適合和這本一起讀，高秀里作家的《我們在月光中仍能行走》[2]，這是一本散文，在字裡行間中能感受到溫暖。假如您喜歡《明亮的夜晚》，應該也會喜歡《柏青哥》[3]。」

「哇，您怎麼能如此流暢地講出推薦書單？我回去之後一定要來讀看看。」

「我是聽您剛才說的那番話之後，才比較知道自己以後要如何向客人推薦書單，太感謝了。」

「那時禹先生呢？」多仁突然望向時禹，好奇問道。

時禹正在喝啤酒，被突如其來的提問嗆到咳嗽不止。

「啊，您還好嗎？」

「噢……沒事，沒事，我真的沒事。」

紅著耳朵的時禹連忙站起身，把放在廚房裡的濕紙巾拿出來。其餘三人看時禹的反應可愛有趣，笑個不停。時禹也隨即跟著大家「呵呵」笑了兩聲，回到位子上坐好。

「……我最近的確在讀一本書，不過頁數實在太多，已經讀了一個月還沒讀完。」

「哇，原來你也有在看書喔？」柳真用開玩笑的語氣看著時禹說。

「哎唷，姊！我好歹也是小書咖啡廳工作人員耶！咳，所以，那個……我最近在讀的書好像是叫做《火山底下》……」

柳真用充滿笑意的口氣反問：「你說的是《在火山下》[4]吧？」

「喔！那本書是不是在講建築師的故事？」經紀人突然插話。

1 原文書名：밝은 밤，無中譯本。
2 原文書名：우리는 달빛에도 걸을 수 있다，無中譯本。
3 原文書名：Pachinko，蓋亞文化，二〇一九。
4 原文書名：火山のふもとで，時報出版，二〇一六。

柳真望向時禹，擊掌表示自己想起了什麼。

「啊！對耶，你是讀建築出身的吧？」

多仁眼睛瞪得又大又圓。

「原來您是讀建築出身的？哇，我之前看電影《建築學概論》的時候還想著好想學建築呢！」

時禹發現三人的目光同時聚焦在他身上，有點無所適從，連忙回答：

「啊，不過我沒通過建築師執照考試……只是大學讀建築系而已，哈哈。我不是說了嗎？那本書我都還沒讀完呢，有夠厚的……呵呵。」

所有人放聲大笑。

接著話題轉向各自想去哪裡旅行，眾人紛紛羨慕即將前往夏威夷的多仁，又聊到村上春樹以夏威夷為背景所寫的短篇小說：〈哈那雷灣〉[5]。柳真暗自心想，要是將來在昭陽里小書廚房舉行讀書會的話，希望會是這樣的光景。

究竟是因為皎潔的月光，還是因為身處留有奶奶氣息的昭陽里小書廚房，多仁有種預感，今晚應該難得可以有個好眠。

多仁被昭陽里小書廚房客房的舒適擁抱，溫馨、整潔，還能隱約聽見窗外昭陽里山腳微風吹拂的呼呼聲。約莫凌晨兩點左右，多仁進入了深層的睡眠。

白天徐徐揭幕，大夥兒都還在賴床，沒有什麼事非今天做不可，雖然入睡前沒有說好要一起睡到自然醒，但是大家都不約而同沒設鬧鐘。

凌晨下了一場雨，烏雲密佈的天空時不時飄起綿綿細雨，外頭颳著有如冬季的凜冽寒風，綠芽不知所措地不停顫抖，剛冒出花苞的櫻花樹卻一副無所謂，隨風晃動。太陽已經昇起三個多小時，深灰色的烏雲還是稱職地扮演著遮蔽的角色，漆黑的陰影落在山腳上。

昭陽里小書廚房的早晨有如奶奶的手輕撫而過，平和悠閒。強風一個勁地靠近，卻沒使上任何力氣就轉而削弱，細細的雨滴打在玻璃窗上，發出滴答聲響，來自森林的雨水夾帶芬多精的香氣，淡淡地滲透某處。

5《東京奇譚集》裡的一篇小說故事，時報出版，二〇一九。

柳真率先睜開眼睛，在小書廚房裡弄了一杯冰滴咖啡，再將昨天經紀人買來的肉桂捲切分成小塊，拿去微波爐微波。加熱完取出盤子時，肉桂特有的香氣像爵士樂一樣悠然蔓延，溫熱的麵包和糖粉充分融合，濕潤香甜。這條肉桂捲裡還放有杏仁片，每一口都吃得到濃郁的堅果香。屋內一片寧靜，柳真每天早上都習慣播放音樂，但她認為今天的早晨格外適合無聲，那是一片有如甜蜜香濃肉桂捲般的寧靜安詳。

柳真清理著昨晚聚在一起聊天的餐桌，一邊洗碗一邊回想昨晚看到的星海，既神祕又令人屏息的美景，只要一想到那片美景現在依舊在烏雲上方展開便覺得很奇妙。她原以為日常只存在於公寓垃圾分類場的某個角落，旅行只存在於雲朵上遙遠的某處，沒想到事實上，旅行是以組合商品的形式存在於日常，一樣很神奇。即使是從紙箱裡取出預計陳列在小書咖啡廳裡的書籍進行分類整理，星星也會在如此單純的時間裡持續發光。

整理完廚房後，柳真走到小書咖啡廳，還有幾箱書堆著尚未拆封整理。她蹲坐在直到昨天下午才送達的書籍包裹前，在只有撕開膠帶的紙箱之間看見梅芙·賓奇（Maeve Binchy）的小說《冬季裡的一週》[6]。柳真的手朝那本書伸過去，因為正是那本書，讓她有勇氣創立昭陽里小書廚房。

柳真輕撫書封，心裡想著多仁。書封上是一片祥和的風景插圖，綠色格紋桌布整齊地鋪在桌子上，濃郁的黑咖啡在英式茶杯裡搖晃，咖啡旁還擺著一盤沙拉，偌大的窗戶外是一望無際的大海。

柳真希望多仁可以到那片聽得見海浪拍打聲響的地方旅行，在貓咪望著窗外沉思、聞得到大海氣味、紅磚色屋頂緊密相連的小鎮上短暫小憩。只要多仁攤開這本書，裡面的每個角色就會熱情地迎接她。柳真翻閱書頁，直到看見一段話才停住視線，彷彿這段話突然叫住她似的。

此處是適合思考的場所，走到海邊會覺得自己更為渺小，也會覺得自己沒那麼重要，於是，一切就會重新找到最合適的比例。

柳真在該頁插入書籤，再用帶有金色圓點的深紅色包裝紙將這本書打

6 原文書名：*A Week in Winter*，無中譯本。

包，然後從一本空白筆記本裡撕下一頁，剪成手掌大小，再用原子筆寫下一張簡短的字條：

> 期盼早日找到專屬您的倉庫，在那裡也能聽見海浪聲，遇見猶如被奶奶輕撫的溫暖片刻……

下著春雨的那天，趁著夜幕尚未降臨，多仁和經紀人一起離開了昭陽里小書廚房，後車廂裡載著柳真送給她的那本用金色圓點包裝紙包裹的書籍。

時禹和柳真看著車子遠去，如夢初醒。柳真心想，也許多仁會在夏威夷聽著海浪聲，閱讀那本書。雖然她每天受人讚美，但是身處孤單不安的金字塔頂端，柳真衷心希望多仁可以不用再戴著面具也能展現幸福的笑容，也希望她可以在忙碌的一天裡，仍有餘裕抽空進入故事的世界，享受簡單溫暖的一餐，喝口茶，喘口氣。

多仁離開以後，柳真回頭環視昭陽里小書廚房一圈，對於躺在睡袋裡看星星不過是一天前發生的事情，以及自己在昭陽里鬆餅店巧遇房地產男子和地主男子不過是十個月前的事情感到不可思議。

柳真走到和多仁圍坐的小書咖啡廳圓木桌前坐下，有一種韓屋和昭陽里小書廚房交棒的感覺，也可以感受到多仁所說的奶奶的氣息依舊留在此處。

漸散的雲朵後方是朦朧的夕陽，柳真站起身，將大面落地窗和廚房裡的小窗戶統統打開。今天是三月十五日，傍晚餘暉中的溫柔春風夾帶著隱隱梅花香，飄進小書廚房，重新開啟了全新的一天。

第二章

# 再見，我的二十世代

안녕, 나의 20대

進入職場第四年的娜允，漸漸習慣像在跑輪上不停奔跑的倉鼠生活。與此同時，她也愈發厭倦。坦白說，公司沒有太大問題，娜允任職的ＩＴ公司擁有良好的專案計畫及完善的福利制度，但她最近的狀態就是對任何事都提不起勁，也不想把自己的能力充分發揮出來、奉獻全心全意為公司效勞，陷入大家常說的「低潮期」。

其實她的真實心聲是想要享受公司福利、但適當程度地上班就好，雖然也曾想過是否需要換工作，但最後連換工作都懶。公司裡沒有會欺負她的主管，工作內容也不到非常排斥，她也知道就算真的離職，公司這個場域也不會變成天堂般的聖地。然而，眼看年齡即將奔向三字頭，她不敢保證，現在的自己是當初二十歲時想像的模樣。

她原本一心期待三十歲的自己會是一名成功的職場女強人。身穿雪紡衫配黑窄裙，任何困難事都難不倒，但現實是整整四年都擺脫不了辦公室老么的身分，處理著雜七雜八的瑣事，幾乎沒有一件事情可以自行決定，大部分都要按照公司的制定流程或簽核程序進行。

「都說是百歲時代了不是嗎？年過半百之後，感覺就要整天看上司的臉色上班，擔心自己會不會被炒魷魚……然後剩餘的五十年又要靠什麼吃飯呢？等孩子都上大學，我也五十二歲了，到時候還能做什麼工作……」

育有兩子的李科長唉聲歎氣。午休時間除了股票投資、房地產政策的話題外，最常出現的不外乎還有退休後的人生規劃。

「是呢，我看管理階層有許多人讀過MBA……不禁讓我思考是不是該趁現在開始準備，還是乾脆去學YouTube影片剪接比較實際？」工作三年的軟體工程師潤英也一臉認真地接話。

娜允原本想喝一口表面擠滿鮮奶油的熱摩卡，拿起又放回桌上。

「如果開一間咖啡廳，大概需要多少錢？上次去巴塞隆納度假的時候，我吃到的西班牙家庭料理很不錯，要是在梨泰院或經理團街上開一間，會有搞頭嗎？唉，真羨慕那些有專業技能的人，沒有退休的年齡限制……」

李課長直接打斷滿臉無奈的娜允說：「你以為當醫生或律師就比較好嗎？多少醫院和診所因為經營不善面臨倒閉，律師最終也都得透過營業創造實績，壓力不在話下，而且是依照實際績效領薪水，工作和生活自然不可能達到平衡。像我有朋友在大型律師事務所上班，前陣子也因為過勞而暈倒送醫住院呢。」

午餐時間結束，娜允走回辦公室裡的位子坐下，決定至少先將今天要完成的「年度個人業務目標」輸入人事系統，晚年規劃則等到下班後再來思考。

然而，下班之後她就什麼想法都沒了，腦袋一片空白，回到家也只想直接躺在床上。下週就要進行第一季業績報告，尚未備妥的報告書空白處老是在她腦海盤旋，然後再想起未能按時交資料的其他部門同仁，一陣厭煩感隨之而來。

娜允緩緩抬起頭，用外送應用程式搜尋美食、訂餐，再一邊用餐一邊沉浸在近期的熱門連續劇裡，隨即便是濃濃的睡意襲來。她還沒洗衣服，也還沒選好明天要穿的衣服，設定一年後的計畫反而像是有違常理的行為，可能將來的某天再想吧……是啊，凡事都有它該做的時間點。娜允想著想著，緩緩入睡。

＊＊＊

「昭陽里？那是什麼地方？『里』不就表示很鄉下嗎？我們今天不是要在這附近賞櫻嗎？」

娜允張大眼睛，燦旭和世璘在她面前發出調皮的嘻笑聲，彷彿若不是身處早午餐咖啡廳，兩人絕對會放聲大笑。他們像是達成了某項祕密任務一樣，開心地擊掌。

燦旭興高采烈地回答：「說走就走，不用計畫！這樣不是很酷嗎？以後還有什麼機會能如此瀟灑啊，等結了婚生完小孩以後，一轉眼就要變成四字頭了喔！」

週六早上十一點，三人齊聚的板橋早午餐咖啡廳裡，播放著宛如四月的香頌，慵懶悠閒。燦旭看見娜允一臉錯愕，連忙補充道：「娜允，其實時禹昨天有打電話來。」

「什麼，時禹？真的嗎？」

「嗯，原本銷聲匿跡的傢伙現在好像在昭陽里當什麼別墅還是飯店的員工，這小子三年多來都無聲無息，昨晚竟然主動聯絡我。走吧，一起去找他，至少看看這小子的臉也比較放心。我們之前不是說好要趁三十歲前一起安排一趟旅行嗎？再拖下去可能連四十歲都去不成了！來，我這個歐爸今天還特地跟母親大人借了車，現在只要出發就行了！」

燦旭邊說邊拿著汽車鑰匙在眼前來回搖晃。娜允覺得既好氣又好笑，不知該擠出什麼表情應對。

「嘖，時禹這小子，等我見到他就死定了。」

世璘看著娜允的反應，察覺娜允已經決定前往，於是像個應援團團長舞動著身體大喊：「即刻出發！Go Go Go！」

燦旭提高了車內音響的分貝，大學時期幾乎每天都聽的歌曲一首接著一首傳出，最後還出現Busker Busker的〈櫻花Ending〉，車內頓時變成氣氛歡樂的演唱會現場。這首歌本來就這麼嗨嗎？〈櫻花Ending〉前奏一出現，三人便扯高嗓音幾乎用喊的方式跟著哼唱，然後笑得合不攏嘴。

櫻花滿開的四月週六下午兩點，三十歲前的最後一場即興旅行正式展開。盛開的雪白櫻花花瓣優美地隨風飄落，彷彿在看吉卜力工作室製作的動畫場景一樣夢幻。娜允對於昨天這個時間點自己還在鴉雀無聲的辦公室裡上傳下週一要進行的週會資料感到不可置信。

娜允其實並不知道昭陽里在哪裡，但無所謂，只要時禹在那裡就好了，四人能齊聚一堂便足矣。娜允望向燦旭和世璘，他們兩人想必也在各自的二十九歲裡承受著喜悅與悲傷、孤軍奮鬥。她接著又想起在昭陽里的時禹，暗自向心裡二十一歲、二十二歲、二十三歲的回憶問好。車窗外的櫻花像極了輕快舞曲的副歌段落，車子行駛在蜿蜒崎嶇的公路上，娜允感受到久違的心跳加速。

＊＊＊

柳真看著時禹像一隻黃金獵犬般雀躍不已，不禁陷入沉思。早在三十分鐘前，她就接獲電話說時禹的大學死黨燦旭將在一個小時後抵達，據說兩人當初是在大學廣告社裡認識，也是一起在網咖打電動、共度無數夜晚的好麻吉。另外兩名同社團的女性友人也會一同前來。

「啊，可是現在正值櫻花季，小書文旅到週末都已經訂滿了，你打算怎麼安排？」

「他們都是像家人一樣的朋友，天氣不冷就睡帳篷，冷的話就來我房間一起睡囉！」

「四個人擠一間房？他們知道要這樣睡嗎？你們打算站著睡啊？」

「嗯……好像的確會有點擠。反正如果要聊天的話我們就去二樓露臺，不然就讓女生睡我房間，我和燦旭在露臺搭帳篷、睡睡袋也可以。別擔心，就當成是體驗另一種露營！」

「你所謂的帳篷是指……那個嗎？」

柳真一臉無語，用手指向擺在庭院裡的三個印第安帳篷道具。時禹笑容燦爛地點頭，還順帶一提剛好是單人帳篷，搬去二樓露臺也不費力。柳真看到時禹擺出一副問題解決大師的表情還略顯自豪，不禁感到荒謬。

「時禹……那個真的是裝飾用的道具喔，裡面連墊子都沒有，在硬邦邦的地板上要怎麼睡啊？你別忘了，二樓露臺的地板還是磁磚喔！而且從山上吹下來的風也滿冷的，清晨還有露水，濕答答的會很難受喔……不如在二樓客廳沙發上睡會不會比較好呢？」

柳真滿心擔憂，不能理解時禹怎能如此樂觀，凡事都說沒問題，還一副悠哉的樣子。柳真是從一到十都要事先安排妥當才會安心的性格，和凡事都先試試看、再思考還需要補充什麼的時禹有著天壤之別，簡直是天秤的兩端。時禹看著已經列出長長一份擔憂清單的柳真，從容不迫地先去拿了幾條毛毯和多餘的棉被。

「姊，你大學時期去宿營時，地上有鋪豪華床墊嗎？我們還年輕，才二十來歲，還是一尾活龍呢！不會因為在地板上睡一晚就腰痠背痛，我們還不到那個年紀啦！而且如果真的不行，他也有說會去車裡睡，只要能讓他停車就好。姊，重點是這趟旅行是臨時起意、即興安排的欸！是未經任何安排下的驚喜。他們沒做任何準備就直接衝來見我呢！你不覺得很酷嗎？他們一定也沒抱持多大期待，只要有個能讓我們徹夜聊天的地方就很夠了，知道嗎？」

時禹像個機關槍般滔滔不絕，說完連忙拿起東西走上二樓露臺。亨俊恰巧也在那裡，面無表情地搬著裝電燈泡的箱子。雖然柳真並非完全同意時禹，但是聽聞這是一趟「三十歲前的即興旅行」後放心不少，至少可以確定他們不是那種渾身帶刺、敏感難搞，或者為了享受安靜獨處而特地前來的客人。

柳真翻找著櫥櫃上方，取出兩根紅色的大蠟燭，那是當初她選擇搬出家裡到光化門附近的住商混合大樓自己住時，有人送的喬遷禮物。由於香味比較濃，體積也大，使用起來滿有負擔，所以先收起來保存，沒想到一放就好幾年。另外，她還取出一台專門放在腳邊暖腳的電暖爐，在二樓露臺的帳篷旁點上蠟燭，電暖爐也接上插頭。外頭風大，燭光搖擺的模樣宛如曼妙舞姿。

時禹從小書咖啡廳裡搬了幾張椅子上來，接下來將原本裝書的大紙箱翻過來，用透明膠帶黏住紙箱底部使其固定，專心地將紙箱改造成一次性使用的小桌子。亨俊則在印第安帳篷周遭掛好一串又一串的燈泡裝飾之後，幫助時禹一起將紙箱改造成小桌子。時禹一邊哼歌一邊專注地準備，柳真默默凝視著他的背影好一會兒，緩緩走下二樓樓梯。

「哇，時禹！這是什麼啊，這裡也太讚了吧！」

昭陽里小書廚房的二樓露臺搖身一變成了青春連續劇的拍戲場景。燦旭、世璘和娜允緊緊環抱時禹，大聲歡呼。露臺上擺著三座適合小朋友帶玩具躲進去玩耍的單人用印第安帳篷，還有約莫十條左右的小毛毯堆疊在那裡，一旁的電暖爐冒著紅紅火光，燈泡裝飾一顆又一顆懸掛在小帳篷前。

「天啊，好久不見！你們都過得好嗎？」

「時禹啊，有什麼好問候的，這太不像你的風格了！你知道失聯的時候我們有多擔心你嗎？你這小子需要先被我們揍一頓再說。」

世璘和娜允突然板起臉，分別用手掌拍了時禹的背一下。相對較為寡言的燦旭，這次也忍不住邊笑邊一起拍打時禹。

「喂喂，同學們，先冷靜好嗎！我早料到會這樣，所以做了準備，你們來看看這個。」

時禹手腳飛快地逃離他們，像個魔法師公開最終結果似的，一把掀開蓋住某樣東西的毛毯。裡面是一個裝滿罐裝啤酒和飲料的紙箱。燦旭、世璘和娜允瞬間齊聲歡呼。

娜允開口說：「不過話說回來，現在明明才下午四點，為什麼會這麼餓呢？」

在高速公路的休息站已經吃過海鮮泡麵、紫菜飯捲當午餐，還吃了馬鈴薯、辣炒年糕、年糕香腸串、核桃菓子當點心，現在居然又餓了。世璘也表示深有同感。

「難道是因為沒吃肉嗎？以前我們去社團迎新的時候十個人吃了整整二十人份的豬五花，你們還記得嗎？」

燦旭歎了一口氣，接著說：「可不是嗎？我看時禹這小子應該自己就吃掉了四人份！」

四人又再次笑得東倒西歪。

時禹、燦旭、世璘和娜允四人從大一就是好友，俗稱的四人幫，幾乎一起修同樣的通識課程。燦旭和時禹去當兵時，娜允和世璘也剛好出國當交換學生，所以四人到大學最後一個學期都是整天一起行動。

雖然有些學長姐篤信這兩男兩女的組合一定存在曖昧關係，但其實四人之間只是純友誼，當初是在廣告社迎新活動時被分成同一組，便神奇地成了彼此心靈上很重要的夥伴。回顧當初，這四人的確不太相配，因為前不久四人剛做過ＭＢＴＩ（十六型人格測驗），結果測出燦旭和娜允剛好是相剋的類型，逗得大家捧腹大笑；然而，那個時期的四人，比起花時間理解彼此，更忙於思考要如何度過剛展開的二十歲人生。

大學畢業後，四人各自經歷了戀愛、分手、徬徨，並踏入職場。世璘成了自由插畫師，專門繪製插圖；娜允進入網路科技公司，任職於ＩＰ事業本部經營支援組；燦旭在遊戲公司擔任音效專案管理師，雖然他解釋自己是在總管遊戲音效的部門當企劃，但娜允至今仍未理解這份工作的確切內容；時禹則在畢業時嚷著要考建築師執照，最後卻打消念頭轉而挑戰公職，但是自從搬去鷺梁津以後就音訊全無。

四人幫的世界變得界線分明，能夠聚在一起的時間愈來愈少。二十歲出頭時，共享日常生活是極其理所當然的事情，但是到了二十歲後半，大家都忙於開拓各自的行星，變得只能透過宇宙中繼站才有辦法交換訊息。

不過，四個人只要聚在一起，就能馬上重回二十歲出頭時有說有笑的世界，回到飄散著啤酒和燒酒氣味、在廉價民宿硬邦邦的地板上睡醒、帶著一張水腫到不行的臉煮著五包泡麵、用刀子切蔥泡菜的凌亂早晨；回到蹺課後四人相聚在漢江大橋底下，喝著從E-Mart賣場買的九千九百韓圜（約兩百二十元新台幣）的紅酒，再配上幾塊起司和麵包，玩笑不間斷的慵懶秋日午後；回到世璘和娜允看著二等兵燦旭一口接著一口不停吃著披薩和炸雞，心疼到懇親會結束後在回程的公車上默默拭淚。那些畫面有如戲劇裡的回憶場景，在眼前一幕幕倏忽閃過。

在吃著烤五花肉、喝啤酒，閒聊大學時期回憶的期間，天色逐漸轉暗，涼風徐徐吹來，四月的春風不至於太過涼寒，清爽的春夜氣息喚醒了大學時期迎新宿營當晚的記憶。熟悉的溫度和氛圍令人心情愉悅，夜晚的慶典正式開始，山巒將四人簇擁環抱，濃濃的樹木香與草香從小書廚房庭院飄來又消散，夾雜著水氣的泥土味和花香，伴隨香氛蠟燭的香氣，一同飄浮在空氣中。

時禹想起了三月的夜空，明明才過一個月，空氣已經明顯變得暖和許多。四月的夜空一邊被薄霧環繞，黑得有些模糊，另一邊則高掛著幾顆閃耀的星星，宛如端正的字體整齊排列於夜空中。香氛蠟燭的甜蜜香氣彷彿在和春日花香一同漫舞，四處飄散。

「聽說南于哥今年秋天要結婚了。」

子夜剛過，世璘簡單明瞭地說出這句話，現場突然一片靜默，其餘三人交換著眼神，坐立難安。南于是世璘的初戀，兩人分手兩次又復合，最終在前年春天分手收場，徹底結束了。

娜允放下手中的啤酒罐問：「什麼時候決定的啊？是他主動聯絡你的嗎？他跟誰結婚？」

「聽說未婚妻和他在同一間公司上班，是設計部門的後輩。不是他主動聯絡我的……是剛好有我們共同認識的人，我偶然得知的。其實我知道他要娶的那個人是誰，應該比我們小一歲，三年前公司的新進員工，我巧遇過一次，感覺兩人還滿配的，應該會相處得不錯吧。」

世璘說話的語氣顯得有些淡然。曾幾何時，嫉妒別人、想要在競爭中勝出而徹夜未眠、彷彿獲得全世界似的狂歡、像個沒有明天的孩子般痛哭、面對眼前如絢麗煙火接連炸開的驚訝事件放聲尖叫，那些季節早已不復見。

「唉，過得好就過得好唄。哼！這人當初害你那麼痛苦……我就看他婚後能過得多好！不過你是什麼時候聽說的，怎麼都沒告訴我們？」

「因為之前沒空像現在這樣輕鬆地和你們見面啊……」

「嗚……」

娜允心疼地輕拍著世璘肩膀，燦旭和時禹舉起啤酒罐乾杯，同時將剩餘的啤酒一飲而下，再徒手將鋁罐捏扁，放回桌面。

燦旭開口說：「唉……坦白說我不曉得自己會不會走上婚姻這條路，感覺什麼都還沒準備好，這世界卻老是催促我已經到了適婚年齡。」

娜允邊咬餅乾邊歎氣，不停翻動在微火上滾煮的魚板湯附和道：「是啊，彷彿聯考日期將近，但是考試科目的複習進度還停滯不前。」

用毛毯蓋住頭部的世璘依偎娜允的肩膀，低語呢喃：「說到聯考，我在想，要是現在重新去報考，會不會人生就此不同，唉……」

娜允用自己的啤酒罐輕碰了一下世璘的啤酒罐，然後喝了一口啤酒說：「世璘啊，真的太恐怖了，我前幾天也在想這件事耶，想說要是狠下心來重考，不知道能不能上韓醫大學。」

燦旭靜靜凝視著蠟燭火光噗嗤一笑，又開了一罐啤酒，看向娜允說：

「你想得美！這輩子已經沒機會了，快醒醒吧，這裡可是連月薪存下來都難以負擔住商混合公寓月租費的大韓民國，更別說要買下一間公寓，簡直是天方夜譚，但現實是得想辦法在這樣的社會中生存下來。」

「啊，該死的房地產！」

四人不約而同地舉起酒罐，猛力乾杯。

「話說回來……時禹啊，你真的沒事嗎？」

燦旭將視線轉移至一旁默不作聲、頻頻點頭的時禹。

「怎麼了？」

「我是說你放棄考公務員的事啊，好歹你也為了準備考試吃了三年多鷺梁津的即時杯飯。再挑戰一次，說不定皇天不負苦心人，老天會保佑你錄取呢！」

燦旭其實是心疼時禹，明明是個熱心開朗的小子，卻為了準備九級[7]公務員行政職考試而幾乎和所有人斷聯三年以上，本來打算等他確定捧到鐵飯碗後再狠狠痛罵他一頓，質問他有必要人間蒸發嗎？沒想到他竟然放棄考試，跑來鄉下工作生活。

「首先，考試本身就很不人性化，總共要考三科必修和兩科選修，要是一分鐘內沒有解完一題，就會因為時間不足而連考題都沒看完就必須離開考場。」

時禹皺起臉，搖搖頭，作勢把腦海裡的想法統統甩開。

「最主要是公務員實在太不符合我的性格。在公務員的世界裡，會暗中助人、善良、踏實的人才是他們想要的，那種人比較適合做行政職，我怎麼想都覺得自己不適合。」

燦旭、娜允和世璘不確定該不該附和時禹，只好保持沉默，注視前方。他們相信在每個孤獨的夜晚，時禹一定思考過許多問題，這或許是他無限正向的人生當中遭遇到的最大海嘯也不一定。面對著「即使用正向的角度去看未來，也未必會迎來正向的未來」的時禹，心裡一定難受無比。三年的考試準備期和最終得到的失敗標籤一起消失無蹤的夜晚，時禹究竟有什麼想法？打破長時間的沉默、鼓起勇氣打電話給燦旭的時禹，在過去這段期間又成為了哪種大人？

「據說這裡原本是一棟荒廢了三年的老房子，我也一同參與了把這片不起眼的土地翻新成小書廚房的過程，看著最後完成裝潢的小書行旅和小書咖啡廳，我有一種自己也重生了的感覺，所以覺得好像只要做自己、好好向下扎根就行了。」

「……是啊，你本來就是建築系出身，後來準備考建築師執照卻臨陣脫逃，為了改考公務人員而躲去鷺梁津……結果兜了一圈最終還是做回你原本一直夢想的事。」

時禹和世璘四目相交，回應道：「是啊，過去總認為二十歲的夢想很幼稚又不切實際，但是如今我才終於明白，夢想這種東西本來就不能想得太實際，否則就不叫夢想了。更何況，夢想是一種能量，可以使自己變得更有本事，也是一種聲音，當置身人生的迷宮中，站在錯綜複雜的道路上迷失方向時，會默默從旁提點你的那種聲音。」

7 韓國公務員共分為九級，九級是最低階的。

「哇……時禹，你是在昭陽里聽了什麼『用充滿魅力的嗓音說話』這種講座嗎？怎麼說話這麼油膩。」

娜允話一說完，世璘便放聲大笑，燦旭也一邊撥弄著時禹的頭髮一邊哈哈大笑。娜允用彷彿在回顧往事的心情凝視著時禹、燦旭和世璘，接著四人都沉默下來，那是一陣熟悉又親密的沉默。四人早已不再是稚嫩的二十歲，雖然分別活在各自的世界裡，但是偶爾可以像這樣齊聚一堂，不曉得是多大的撫慰。燦旭把在前來小書廚房的路上繞進賣場買的紅酒打開，紅酒特有的酸甜香和瀰漫著櫻花鄉的夜晚融合得恰到好處。

燦旭在時禹的酒杯裡倒滿紅酒，說：「我們想你好久了，車時禹！就算變得油膩也沒關係，能見到你就很開心！」

「哎唷，你們這些小傢伙！我決定要變成穩重的三十歲。」

「天啊，我們竟然要三十歲了！」

世璘做出雙手抱頭的姿勢，心情有如喝了一碗苦藥，因為比起即將邁入三十歲的事實，她對於自己是否已經具備三十歲該有的樣子更感到迷惘。

「等到下次櫻花盛開的季節，我們就都滿三十了啊……」燦旭用閱讀小說最後一句的口吻喃喃自語道。

「喂，幹嘛那麼感性，櫻花到我們一百歲的時候也會一直盛開好嗎？來，乾杯，乾杯！」時禹從燦旭手中搶過紅酒瓶，在自己的酒杯裡倒滿紅酒，精神抖擻地說。

那天晚上，娜允作了一個夢——燦旭行走在一條櫻花盛開的街道上，正準備越過一座白色小橋，他身旁緊牽著一位身穿白色魚尾婚紗的美麗新娘。只要越過那座小橋，燦旭就再也回不來了，像是通過了一條界線。

所有人都在對著燦旭歡呼鼓掌，娜允表面上也面帶笑容，但內心深處卻有種由四人幫的友誼築起的世界正在倒數計時的感覺。櫻花花瓣如細雨一片片飄落，燦旭不再屬於這裡。坦白說，娜允還沒準備好要走入人生下一個階段，三十歲如潮水推進，但她只能一動不動地站在原地，怔怔望著燦旭的背影。

***

「娜允，快起床！我們不是說好要去湖邊看日出、騎腳踏車嗎？再不起來就全部泡湯了！」

「啊……可以不去嗎？」

「不行！我們昨天說好的啊！」

「可是我們昨天凌晨三點才睡欸，到現在只睡了三小時。」

「不行啦，快起來！來，帽子給你！」

世璘把娜允叫醒，娜允嘴巴上說知道了，身體卻像昏厥似的再次睡著。最終，她戴上帽子，像個行李被搬上時禹的卡車後座。沿途還是一片漆黑，但天色已經逐漸轉成靛藍，慢慢看得見一些東西。一路上的路樹一動也不動，不見任何樹枝搖晃。昨晚還黑到看不見任何景色，現在已經依稀可見群山如屏風環繞，接著，天空漸漸轉成明亮的淡藍色。

方向盤旁邊的電子時鐘顯示六點十一分，已是入春的季節，但是在戶外徹夜聊到凌晨三點還是需要付出慘痛的代價——身體宛如被人痛毆一頓，痠痛不已，後腦勺也有如被大石頭壓著沉重無比，頭部的刺痛感像海浪一波接著一波襲來，讓人想要重回溫暖柔軟的床上好好補眠。與娜允一同坐在後座的世璘似乎也難敵睡魔，像隻小貓一樣蜷著身體倚靠車門，閉目養神。

湖水比想像中遼闊，面積之大，乍看會讓人誤以為是大海，倒映著清晨的朦朧。湖水的另一頭仍是黯淡無光的街道，但由於已是萬里無雲的明亮早晨，看起來就像明信片裡的風景一樣乾淨清晰。太陽從湖水水平線盡頭的山脈之間冉冉昇起，明媚的陽光映照在湖水表面的淺淺波紋上，波光粼粼，每當高聳筆直的樹木隨風搖擺，陽光便一起翩翩起舞。燦旭、娜允和世璘看著眼前開展的壯麗景色發出連連驚歎，時禹則是一臉早就預料到的表情，得意地默默點頭。

不久後，正當娜允凝視著靜謐湖水、沉浸在感性的氛圍當中時，突然聽見某處有歌聲傳來：

「祝你生日快樂，祝你生日快樂，二十九歲生日快樂，祝娜允生日快樂！」

世璘端著一盤用巧克派層層堆疊、插著巧克力棒，還用優格覆蓋表面的臨時自製蛋糕走向娜允，燦旭在一旁為娜允戴上壽星專屬的派對帽和蛋糕造型的眼鏡，時禹則是一邊拍手一邊大笑，將這個驚喜的瞬間以照片和影片記錄下來，留作紀念。

「欸，所以你們昨天在加油站說要去上廁所，其實是去買這些東西喔？」

娜允開心地笑了，與此同時，內心也深受感動，她終於明白朋友們費盡心思為了祕密籌備這項驚喜而做出的那些怪異舉動。世璘的白色帆布鞋、燦旭的鳥巢髮型、時禹的深灰色毛衣外套，都將成為難忘回憶裡的一部分。娜允望向燦旭、世璘和時禹，也許是朦朧的感覺仍依稀存在，眼前的畫面像極了一場美麗的夢境。

娜允對著沒有點火的巧克力棒作勢吹氣，用力「呼」了一聲，並刻意用大笑來掩飾感動的淚水，努力將眼淚吞回去。果不其然，世璘的眼裡也同樣噙著淚水，燦旭依舊表情淡定，擠出一抹淺淺微笑，時禹則是用調皮的眼神拍著手，然後迅速用手沾了一坨優格抹到娜允的臉頰上，連忙逃走。

儘管之後這樣的日子將不復存在，似乎也能靠著這些回憶——陽光灑落在山巒疊嶂間，手裡捧著插滿巧克力棒的巧克派蛋糕，聽著這些傢伙齊聲歡唱生日快樂歌——讓此刻永不止息。可以想見在遙遠的將來，自己必定會用難捨的心情回憶這段時光，娜允暗自心想，倘若某天能夠重新取出這段時光來回顧便足矣。

當腳踏車沿著湖邊馳騁，櫻花花瓣便迫不及待地如雨紛飛——不是像豪雨般傾瀉而下，而是像零星小雨被春風吹拂般飄搖——環抱湖水另一頭的群山及山谷，也宛如舞臺登場般緩緩出現眼前。朵朵烏雲和白色棉絮雲在空中飄動，移動速度之驚人，瞬間就透出一縷陽光，原本烏雲密佈的春日天空終於灑落晨光。天空清楚鮮明，彷彿開了濾鏡，呈現完美的天藍色。

娜允的腦中浮現位於大成里的宿營渡假村，那年她才二十一歲，早晨坐在遊湖船上用划槳奮力朝別人的小船噴濺水花；看著遠處不知名的鳥兒濺起水花振翅而飛的模樣笑得東倒西歪；任職於哪間公司、職等頭銜等等一點也不重要……那是不需要開週會做簡報的時期。

當時的四人幫就像空空的旅行箱，沒有任何行程，有一天甚至像個懶惰的農夫整日站著發懶，也曾站在宛如大海般無邊無際的自由之前，感受所謂的茫然，偶爾甚至會懷念高中時期。

然而，重回整天趕時間、趕行程的上班族世界後，在大成里宿營渡假村的那段時光有如一場虛幻夢境。為了成為對得起薪水的人，卯足全力，徘徊在績效管理系統的迷宮當中、盡可能撿一些聽起來多餘卻又看似專業的詞彙放進報告、為了沒能成功預約到會議室而急得跳腳、在主管休假時硬著頭皮獨自應付合作廠商打來的電話、默默記錄著自己無法做任何決定的會議內容、忙著彙整會議紀錄並發送給大家……那些忙到焦頭爛額的日子，就像個初學游泳的孩子在水中拚命掙扎，然後時間倏忽即逝，驀然回首時，二十世代早已準備落幕，而且神不知鬼不覺。

娜允使勁地踩著腳踏車踏板，她的心一直停留在某個時空的瞬間，游移徘徊。難捨的瞬間仍不知該收進哪一層別具意義的抽屜裡，繼續留在外頭。娜允只能眼睜睜看著自己的大腦似乎快要想起什麼卻又像一團迷霧消散而去。即使停止奮力踩踏，腳踏車仍朝下坡路直直滑下，轉入彎道，發出清脆的鏈條纏繞的聲響。迎面而來的風吹得強勁猛烈，如歌劇高潮迭起的段落。蔚藍的天空用開朗無比的笑容對娜允張開雙臂。

＊＊＊

「娜允，要不要試著寫一封信給自己？我們小書廚房正在舉辦寫信的活動。」

「寫信？」

「嗯，寫好以後，我們會在今年的平安夜和《山茶花文具店》[8]這本書一起寄給你。要是沒什麼話想寫給自己，你也可以寫給我啊！」

娜允一臉荒謬地看了時禹一眼，發現自己一時間竟然忘了時禹的獨特幽默。時禹傻笑著，被柳真呼叫後便先行離開。燦旭和世璘則正在前往下面村子的路上，他們要去超市採買，估計要一小時後才會回來。

娜允拿了一張放在小書咖啡廳裡的活動公告傳單仔細查看。

> 我是一個緩慢郵筒。
>
> 試著和山茶花文具店裡的波波一同寫封信給自己吧。
>
> 您的信件將和《山茶花文具店》一同在今年的平安夜送達。

8 原文書名：ツバキ文具店，圓神出版，二〇一七。

下方另有小字附註說明：「活動報名費為兩萬五千韓圜（約六百元新台幣），包含《山茶花文具店》乙本、信紙、信封、運費。」活動說明中也表示，這封信不一定要寫給自己，也可以寫給別人。假如對寫信有壓力，也可以改成向某人問好，只要設定好對象以及是哪方面的問候，店員也能幫你代筆寄出。

假如是平時的娜允，絕對不可能參加這種活動，不，應該說根本不可能想要寫信給自己。然而，自從和越過山脈吹下來的清風一同度過歡愉的夜晚、看著跨過凌晨的陽光映照在湖面上的波光粼粼、親自騎著腳踏車繞櫻花紛飛的湖邊一圈之後，她內心一隅不禁產生震顫，感覺來旅行的自己似乎有話想對平時的自己說。

首先，選一張信紙和一支筆，接著，選擇喜歡的封蠟和封蠟章的款式，最後再選擇信封袋和郵票即可。這是按照《山茶花文具店》裡，波波收到代筆請託時的作業流程。從紙張的厚薄度到材質、顏色等，琳瑯滿目的信紙款式呈現在娜允眼前，她一一查看，想起了國中時期每天和同學寫交換日記的那本天藍色筆記本。如果用簽字筆書寫的話，墨水還會沾染到下一張紙上，搞得筆記本面目全非，無從下筆。娜允小心翼翼地拿起信紙，輕撫觸摸。

她比較滿意稍微有點厚度的信紙，既然是春天，也希望帶有一點暖色調，然後紙張尺寸是摺個三次就能塞進信封的大小。雖然用韓紙製成的信紙也不錯，滑順典雅，但最終她仍選了淡粉色背景、右上角有一條櫻花步道插圖的信紙。這張信紙不厚，材質卻比想像中來得硬挺，不容易被摺到，這點深得娜允的心。另外，信封她選了偏硬的材質，整體走簡約風格，填寫寄件人和收件人的那一面有用金色細邊框起來，如相框一般，要是放入信紙，應該會頗具份量。

至於筆，她反而沒有挑選很久就決定用黃色Lamy鋼筆。她稍微試寫了一下，內含深藍色墨水，筆尖的粗細恰到好處，唯一比較擔心的是她從未用過鋼筆寫字，所以不免有些小心謹慎。娜允想要在練習紙上先試寫，但是墨水斷斷續續。她試著調整筆桿的角度，讓它微微斜躺，墨水開始滑順地流出。

坦白說，娜允不知道該寫什麼，心情有點浮躁，還沒理出頭緒，不過畢竟是寫給自己的信，就算寫得語意不明、上句不接下句，應該也無傷大雅，因為不是要給別人看。娜允決定就當成在寫日記，把當下的心情寫下來留做紀念即可。

娜允離開挑選信紙、信封和筆的桌子，朝右邊的小房間走去。一開始，她還隱約聽見周遭的環境音和爵士樂，不過到後來，彷彿音響被人慢慢轉小般，愈來愈聽不見這些聲響了。在這趟即興旅行的目的地，手握著不熟悉的鋼筆，寫著一封給自己的信……鋼筆在厚實硬挺的信紙上優雅自信地滑動，她明明沒有預先想好要寫什麼，筆卻像是早已知道內容似的，在信紙上盡情揮灑。

寫好後，娜允將信紙整齊摺好，放進信封，果然份量感十足，她很滿意信封看起來像麻雀的胸膛一樣鼓鼓的。接下來，她將酒紅色的封蠟加熱融化，澆淋在信封口，然後蓋上封蠟章。章上有著櫻花圖騰和「昭陽里小書廚房」的字樣，沿著印章圓圈刻畫呈現。

娜允把信件投入緩慢郵筒後，如她所料地聽見了厚實的「咚」的一聲。郵筒旁寫著《山茶花文具店》裡的句子：

把信投進投信口的瞬間，聽到了輕輕的「喀沙」聲。一路順風。

簡直就像送自己的分身出門旅行似的。

等待回信的時光也很快樂。

希望這封信能送到QP妹妹手上。

娜允覺得已經好久沒像這樣與自己對話了。過去一直都刻意把茫然、害怕、孤獨、無力、不捨等情感推開，在緊繃的狀態下處理公司賦予的任務，度過忙碌的一天又一天，回家只想休息，根本無暇正視自己的內心。然而，藉此機會好好重新面對自身的情感之後，她發現其實那股情緒也沒有想像中那麼龐大。原本她擔心會是一座如茂密森林般的情感世界，一不小心就會迷失其中，所以遲遲不敢踏入一步，但如今她反而對自己感到有些抱歉。

娜允不禁開始期待今年的聖誕節。她心想著在聖誕節閱讀春天捎來的信件，會是什麼樣的感受？娜允輕敲了緩慢郵筒兩下，感覺彷彿有人會無限接納她的心情。她想起了決定展開即興旅行的那天，在迷你早午餐咖啡廳聽到的那首香頌，又想起在昭陽里小書廚房喝著啤酒聊到凌晨的那些話題，以及驚喜的生日派對，還有在湖邊踩著腳踏車的那些瞬間，一一閃過腦海。

娜允望向窗外，看見世璘和燦旭從超市買回一堆東西，兩人已經走到小書咖啡廳前。燦旭先發現娜允，對她高舉起右手揮舞。燦旭前一天穿的襯衫早已佈滿皺痕，袖子上也不曉得是在哪裡沾到泥土，世璘也注意到娜允，對著娜允一邊原地蹦跳一邊高舉雙手交叉揮舞，她身上的杏色洋裝被風吹起，好不容易才停止飄揚。接下來，世璘用一臉「你在做什麼？」的表情，將上身前傾。這時，恰巧時禹跑到小書咖啡廳前，和燦旭擊掌，然後擺出像是在對世璘和燦旭說明的肢體動作，一邊用手指著娜允一邊對他們說話。

無風的春日，四月的陽光直射世璘、燦旭、時禹的臉龐，娜允連忙舉起雙臂揮手回應。她有一種預感，四人幫此時此刻的模樣，將會像照片一樣烙印在她腦海，包括今日的天氣、空氣和周遭景色，都會停留在這一瞬間。

直到那時為止，世璘仍渾然不知自己將從夏天起在昭陽里小書廚房擔任工作夥伴好幾年。雖然三個月後，昭陽里小書廚房將成為她的日常，但世璘絲毫沒有察覺到這個關於未來的提示，在離開昭陽里小書廚房前，仍依依不捨地頻頻回頭張望。返回首爾的路上，所有人都沉默不語。

第三章

# 最佳路徑與最短路徑

최적 경로와 최단 경로

韶熙的父母曾在地方大學擔任教授，總是鼓勵女兒去做自己喜歡的事，採自由式教養，甚至未曾讓女兒靠近過全美語幼兒園的大門。當韶熙的同學都已經在補習、補習再補習的時候，韶熙也只是在圖書館裡隨心所欲地閱讀。她喜歡由文字建構的世界，比起現實，書裡的世界更讓她覺得活潑生動。

每每走進書的世界，韶熙都覺得比在夢裡來得自由。她尤其喜歡冒險故事，打開書本，便能搖身一變成為在曠野沙漠中遇見外星人的探險家，也可以瞬間變成在亞馬遜雨林裡研究巨大爬蟲類的學者，穿過遙遠星空前往宇宙旅行也只要在書裡就能隨時實現，還能在世界七大不可思議的迷宮中徘徊。對於韶熙來說，書就像可以帶領她穿越時空的膠囊，通往神祕又魅惑的世界。

然而，最終，韶熙還是透過與朋友、老師、同學家長之間的閒聊，以及新聞報導等，體悟到社會中有某種無聲的壓力。社會不斷要求我們要在激烈的競爭中生存下來，成為頂尖、第一，並強調要擁有與眾不同的夢想，努力成為獨一無二的存在。

「韶熙啊，我相信以你的程度，下次絕對能表現得比這次更好。」

「你應該知道，跌一次跤想再重新恢復，需要花上兩倍以上的力氣吧？」

「這世界永遠只有第一名會被記住，這次也一定要名列前茅喔！韶熙，加油！」

國中二年級的暑假，韶熙開始深信只要在競爭中落後，自己的存在價值便會蕩然無存，但她也還未認真思考自己在競爭中脫穎而出之後要從事什麼職業，只是純粹討厭輸給別人罷了。

韶熙的父親自她有記憶以來就是教授，母親則是在韶熙升上國中之後才好不容易成為教授。有別於在美國拿到博士學位後、一回韓國就是正教授的父親，韶熙的母親是一邊養育韶熙一邊在韓國大學完成博士學位，後來在一所地方大學熬了七年才好不容易升為正教授。雖然地方大學教授的生活相對穩定，但不論在課程或經濟方面都還是稍嫌短缺。每次只要察覺到父母臉上瀰漫惋惜之情，韶熙就會對自己耳提面命，絕對不能在競爭中落後別人。

不曉得究竟是天資聰穎，還是不服輸的性格助了她一臂之力，高中時期的韶熙屢屢守下全校第一名的寶座，甚至是以推甄進入韓國大學政治外交系，四年後也如願升上韓國大學法律學院攻讀碩士。每到考季，考生們進補的中藥味和激烈的心理戰術如雷鳴般呼嘯而過，但韶熙反而意外地享受法律學院的課程。

韶熙在就讀法律學院二年級的暑假便拿到大型律師事務所的聘書，三年級上學期就接著考上法院裁判研究員[9]，等於在碩士尚未畢業前，她手裡就已經握有大型律師事務所律師和法院裁判研究員兩張王牌。她曾猶豫過，最終還是決定選擇走法院裁判研究員這條路。

法院裁判研究員的工作量比想像中大，當初在法律學院裡為了考取律師執照而研讀的那些符合前因後果的案例，在現實世界中幾乎從未出現——就好比在喝酒聚餐的場合中依稀聽到的那些學長姐們的英雄事蹟。要閱讀的資料量著實驚人，法院也如一座龐大的圖書館。獨立的法官辦公室房門幾乎永遠關著，法院職員也都埋首在各自的電腦前，在幾乎聽不見呼吸聲的一片靜默中工作，唯有把堆積成山的文件夾放到推車上移送至某處時才會出現一些聲響。

同事聚餐也幾乎從未有過，各自完成份內工作就自行下班。韶熙猶記履行完檢察實務手續、正式成為檢察官的同期夥伴表示，有一種彷彿又重新當兵入伍的感覺。法院是個人主義共和國，絕對不會上演為了吃零食而玩紙上迷宮的遊戲，或者中午和同事相約出去找美食的戲碼。

不過韶熙還是對法院情有獨鍾。原本看似根本讀不完的龐大資料，在腦海中整理一番之後，事件的形體愈漸清晰，再以邏輯重新建構，這樣的過程對韶熙來說簡直就像在創造故事。自己的位子猶如一座小島，在這座三坪大、和無人島沒什麼不同的小島上，充斥著受限於體制框架的時間、沉默和寂靜，這點讓韶熙甚是滿意。

韶熙完成法院裁判研究員的三年任期後，在瑞草洞一間小型律師事務所擔任律師，迄今已三年，到了明年，就能累積滿「法曹經歷七年」，有資格申請成為法官。所以她預計明年秋天遞出申請，後年春天即可穿上法袍。

「三十四歲法官，崔韶熙。」

9 類似台灣的法官助理，在韓國是公務人員。

她一直認為這是理所當然會上演的未來，宛如輸送帶運轉般，依照固定速度抵達排定好的每一個階段，直到那件事發生之前……

＊＊＊

韶熙雙眼直盯著放在文件堆成的小山旁的四張薄紙，已經毋須重新翻閱，因為都是透過電話確認過的內容，光是昨天她就已經看過五次。韶熙習慣從頭到尾讀完每一字每一句，就連一個助詞都不放過。

韶熙再次俯視紙張，一屁股癱坐在黑色皮椅上，柔軟的皮革發出「噗～」的洩氣聲響，最終，鴉雀無聲的氣息將韶熙的身體緊緊勒住。三週後要開庭必須整理好的證據、錄音紀錄、成堆的陳情書以及前一晚喝完的奶昔塑膠杯，統統放在桌上，凌亂不堪。

韶熙閉上眼睛深呼吸，她需要一段屬於自己的時間。那是連一點風都沒有的辦公室。韶熙望向窗外平凡無奇的瑞草洞灰色街道，沒有任何感受，卻有一種真該去某個地方走走、透透氣的感覺。她想不到能去哪裡，畢竟這七年來，她從未有過一次旅行或休假。

她按照潛意識的引領，打開Instagram，在搜尋欄中輸入「森林別墅」，結果出現滿滿的照片貼文，接下來又搜尋了「鄉下書店咖啡廳」和「鄉下獨棟別墅」。韶熙大略看一下出現的貼文，大拇指在手機螢幕上滑了幾下，目光便停留在一則貼文上，她眨了兩下眼睛。

森林裡的小療癒

結合小書文旅&小書咖啡廳的「昭陽里小書廚房」

祭出按月預訂活動！

預約六月一整月，將享六折優惠！

歡迎前來體驗屬於自己的「寫作工作室」

韶熙點入昭陽里小書廚房的官網，綿延起伏的山脊稜線、宛如作家工作室的客房、繁花盛放的玻璃庭院、白色木質風的溫馨咖啡廳、櫻花開滿枝頭的湖邊步道照片依序映入眼簾，看起來是剛開幕不到兩個月的新別墅，不過評價大部分都是好評，韶熙毫不猶豫地按下了「立即預訂」。

＊＊＊

工作室位於小書文旅一樓，約莫只有二十四坪公寓客廳的大小，比想像中來得小巧，中央放著一張六人座的白色原木桌，整體空間潔白通透，不會讓人感到沉悶壓迫，是剛剛好適合用來閱讀或寫作的空間大小。落地窗前的茶几上擺著黑色快煮壺和手搖磨豆機，一旁還有三盆觀葉植栽。客廳裡的內嵌式收納櫃收藏著逾百本書，她走過去仔細一瞧，似乎是以櫃子層板來進行分類，把同類型的推薦書統統擺在一起。從小說到人文書，種類繁多。書的一旁則有一台白色的藍芽音響。

擺放在書櫃旁簡易折疊椅上的白色藍芽音響，正播放著爵士鋼琴版本的〈Over the Rainbow〉，是電影《綠野仙蹤》裡出現過的曲子，而且仔細一看就會發現，書架上正巧有一本《綠野仙蹤》，彷彿是巧妙安排好的。儘管因為是小開本所以被塞在整排書的最尾端，但韶熙一發現這本書，還是像見到老朋友般高興地嘴角上揚。

韶熙從小就很喜歡《綠野仙蹤》，主角桃樂絲被一陣突如其來的龍捲風捲走，迫降至神奇的國度——奧茲國。她抓著周遭的人一一詢問該如何回家，所有人卻都告訴她，只有魔法師奧茲大帝可以幫她。為了尋找奧茲大帝，桃樂絲展開旅程，路上遇見想得到頭腦的稻草人、想得到心臟的錫鐵人、想得到勇氣的膽小獅子。一行人經歷完一連串的冒險長征之後，成功站在奧茲大帝面前，然而，卻發現那位偉大的魔法師竟然只是一位矮小又平凡的老頭子，大家對此震驚不已。

韶熙很滿意這段大逆轉，尤其喜歡稻草人、錫鐵人和膽小獅子透過這段冒險克服了自己一輩子的缺點，還有桃樂絲腳踩的銀鞋其實隨時都能帶她回家，但是直到冒險結束之前，桃樂絲都沒有發現這雙銀鞋的祕密，這點也讓韶熙覺得餘韻猶存。

她尤其喜歡這段話，甚至還抄寫在筆記本上。

“You have plenty of courage, I am sure,” answered Oz. “All you need is confidence in yourself. There is no living thing that is not afraid when it faces danger. The True courage is in facing danger when you are afraid, and that kind of courage you have in plenty."

「獅子，其實你已經很勇敢了，」奧茲大帝說，「只是少了點自信而已。你要知道所有動物在面臨危險時都會感到害怕，但在這次的冒險旅程中，你面對危險，選擇勇於奮鬥，已經擁有了勇氣。」

韶熙從工作室的落地窗看出去，注視著隨風搖曳的梅樹，心想：「雖然那些無法啟程去冒險的樹木只能留在一處落地生根，但它們或許正因為堅守在原地、時常展開通往內在的旅程，才得以蛻變成賢者，或者擁有不逃避也懂得俯瞰腳踩銀鞋的智慧也說不定。」

直到這時，韶熙才逐漸聽見店員在對她說話：

「……所以這裡的書您都可以隨意閱讀，包括小書咖啡廳裡的書也是，到凌晨十二點都能任意使用。唯一需要請您留意的是，最後一位離開咖啡廳的人請幫忙熄燈。我們目前推出的活動當中有一個叫做『寫作工作室』，分成兩個時段，一個是早上九點到中午十二點，另一個是下午兩點到傍晚五點，您可以擇一參加。這個活動不是要分享個人故事，而是讓參與活動的人各自寫作或閱讀。為了讓大家可以專心做事，所以特別把時段區隔開來。待會兒您來小書咖啡廳，我會再為您做一次詳細解說。」說話爽朗的店員繼續說道。

該名店員生著濃眉、高個兒、穿衣品味也不錯，似乎有些緊張。他拿出一本手掌大小的筆記本，上面記得密密麻麻，然後用他寬大的手像捲壽司一樣把小巧的筆記本捲起，再像個排練的演員一樣繼續說下去：

「另外，盥洗用品和寢具我們不提供每日清洗更換的服務，而是每三天一次，主要為了環保考量，假如需要增加更換的頻率再請隨時告知。書籍借閱的部分，您可以從小書咖啡廳將書帶回客房閱讀，至於網路WIFI的帳號密碼都已經放在空間設施的介紹手冊裡了，再請您參考使用。」

「好。」

韶熙十分滿意那裡的工作室空間，但是沒有喜形於色，只是打從心底覺得真好，主要是她身心都已經處於十分疲憊的狀態，沒有繼續多聊的餘力。

不過對於時禹來說，這是他第一次面對看到工作室後毫無反應、沒有讚歎的客人，不免有些錯愕。

昭陽里小書廚房開幕後已經邁入第三個月，由於過去一直都只有接待短期旅行或來訪咖啡廳的客人，這次卻要接待住宿一個月的長期住宿者，不免使時禹從一大早就有些心煩。過去來訪的客人總是驚呼連連，比預期的反應還要熱烈，對昭陽里小書廚房讚譽有加，毫不隱藏在這裡感受到的悸動。儘管沒有特別拜託，顧客也會自動將美麗的照片和影片上傳至Instagram或部落格，成為這裡的粉絲。對於面對任何人都能展現親和力和活潑感的時禹來說，在小書咖啡廳裡主動邀請客人試飲咖啡或試吃甜點一點都不是難事，所以往往不到一天就能和顧客——不分男女老少——打成一片。

然而，唯有崔韶熙例外。她總是一臉淡定，掛著一張令人猜不透情緒的表情，始終如一。雖然也不是每位客人看到昭陽里小書廚房都會讚歎，但只要看到窗外的自然風光，理應都會受到莫大感動，像韶熙這樣難以揣摩心境的人時禹是頭一次遇見。他在腦海中不停回想自己是不是有說錯話，接著繼續說：

「那……要是有什麼需要的話，請隨時來小書咖啡廳找我，或者撥打手冊最下方的電話聯絡我們即可。對了，明天早餐是上午八點開始，地點在小書咖啡廳，假如不需要早餐也請您提前通知我們一聲，謝謝。」

韶熙擠出一抹淡淡微笑，點頭表示了解了。時禹依然摸不著頭緒，一邊搔著頭一邊走出去。韶熙走到位於窗邊的桌子，坐在可以直接面對窗外的座位，那是一張堅硬的原木椅，而非會發出洩氣聲響的柔軟皮椅。

桌子旁放著一只深綠色的皮箱，灑進落地玻璃窗的昭陽里陽光看來格外悠閒，掛在牆上的類比時鐘分針緩慢移動，彷彿對瑞草洞分秒必爭的日常繁忙節奏毫無興趣似的。轉眼間，〈Over the Rainbow〉鋼琴演奏正邁入尾聲，韶熙的腦海中緩緩浮現這首歌的歌詞：

Someday I'll wish upon a star,
and wake up where the clouds are far behind me
Where troubles melt like lemon drops,

away above the chimney tops,that's where you'll find me.

有一天我會向星星許願，
在遙遠的雲朵之上醒來。
在這裡，煩惱都會像糖果般融化，
你會在比煙囪頂端更高更遠的地方找到我。

韶熙心想，煩惱真能在這裡如糖果般融化消失嗎？她擔心要是一切都像魔法師奧茲大帝那樣，只是包裹著糖衣的承諾該怎麼辦？韶熙連皮箱都還沒打開整理，就不小心睡著了。

＊＊＊

「真是的……都已經來住兩個星期了，還是難以讀懂她的表情。」
「你說誰？」
「崔韶熙小姐啊。」

「崔韶熙？我第一眼見到她的時候就很喜歡呢！」

柳真滿臉疑惑地走進小書咖啡廳，回應發牢騷的時禹。

「雖然她話不多，但看上去是個心志堅定的人。亨俊，你覺得呢？」

「感覺只是性格比較沉穩內斂，也有點像寫論文的研究生，或者是來把剩餘劇本寫完的編劇。」

亨俊回答得慢條斯理，聯想起和韶熙的氣質相搭的淺杏色長裙和白色針織外套。

亨俊主要負責處理昭陽里小書廚房的客房與早餐，每當他三天一次幫韶熙更換寢具和盥洗用品時，她的房間裡總會傳出爵士樂，從艾迪・希金斯三重奏（Eddie Higgins Trio）、比爾・艾文斯（Bill Evans）、史黛西・肯特（Stacey Kent）到黛安娜・潘頓（Diana Panton），清一色都是亨俊喜歡的冷爵士樂音樂人。儘管住客不太會透露自己究竟從事什麼工作、多大年紀，但亨俊相信韶熙絕對是個溫柔純樸的人，這點可以肯定。

「我看她每天都不會缺席上午場的寫作工作室，難道真的是來寫作的？」

柳真一邊在新書上張貼書籍介紹卡，一邊用喃喃自語的口吻說。

時禹拿出用來裝庫存的紙箱，一次取四本書分批塞進箱子裡，回應柳真道：「不是啦……我只是覺得她都已經來兩個星期了，但是該怎麼說呢……感覺她臉上彷彿有一層隔板擋著，也很像罩著一層漫威電影裡會出現的保護膜的感覺。那個叫做什麼？當壞蛋群起攻擊時，可以保護主角毫髮無傷的那種防護網！」

時禹一邊解釋壞蛋的攻擊，一邊將兩手手掌併攏，比出發射火焰的動作，結果老天像是終於等到機會似的，突然轟隆一聲巨響，雷聲隆隆。坐在小書咖啡廳窗邊的一對情侶滿臉驚嚇地望向窗外，斗大的雨滴隨即落下，發出厚重的滴答聲響。天空烏雲密佈，雖然才下午兩點三十七分，但天色已暗，若說是晚上七點都不會有人懷疑。

「哇，平日都是大晴天，怎麼老天一到週末就彷彿突然想起該下雨似的，給我下這種傾盆大雨啊！」

柳真不滿地嘀咕，原本在確認盥洗用品庫存量的亨俊也用擔憂的眼神望向窗外。室內的空氣彷彿凝聚成團，沉悶無比。

「下雨倒還好，我比較擔心要是颱風豈不就糟糕了？」

時禹連忙將紙箱堆放在櫃檯後方，對著開始察看手機的柳真說：「聽說從日本生成的颱風已經通過海洋朝我們的方向直撲而來，可能還會持續增強呢！姊，你真的要去嗎？」

柳真咬著下唇回答：「當然要去啊，這可是等待已久的文化活動耶！」

柳真登入昭陽里爵士音樂節的官網，雖然早已預料會有豪雨，但官網只有顯示公演安全須知的彈跳視窗，沒有看到取消的公告。

「啊，幸好！看來活動沒有要取消。這可是史黛西．肯特第一次來韓國，而且還會和 Little Flower 同臺演出呢！」

「昭陽里爵士音樂節」已經連續第五年盛大舉辦，多虧地方自治團體為了振興地區觀光產業而持續努力，才有機會邀請到韓國的地下樂團和 A 咖級歌手以及三十組海外音樂人來韓演出，使得這場活動變得頗具規模。柳真聽聞平日喜歡的史黛西．肯特要來演出的消息，四週前便及早訂了票。她的演出原訂於今晚七點，也就是整場活動的黃金時段準時登場。

「亨俊，你也確定要去嗎？不能因為老闆堅持要去，連你也失去理智喔！」時禹轉身面對亨俊說。

窗外的風呼呼作響，有如鬼哭神號，雨滴也不是直直落下，而是被風吹得四處飄散。亨俊聽著外頭的強風聲答道：「應該還不是颱風……但雨可能會愈下愈大。」

「哇，昭陽里在地人果然不一樣！光憑雨聲和風聲就能預測天氣嗎？」時禹讚歎連連，亨俊則用平淡的嗓音回答：「是因為氣象局會即時播報颱風的預測路徑。」

亨俊是從小在昭陽里長大的孩子，長年以來都是用渾身去感受雨聲和風聲也有顏色和形狀的事實，所以即使難以用言語完整表達，仍能判斷氣象局的預測——今晚風勢會逐漸減弱，但是雨會下一整晚——應該準確。這時，手機突然發出「嗶——嗶——」的聲響，政府發出超大豪雨警報，提醒民眾注意安全。

柳真和亨俊兩人在下午四點左右出發前往爵士音樂季的活動現場，戶外還是風強雨驟，宛如歌劇裡即將上演悲劇時會堆疊交加的激情高昂演奏，樹枝也被吹得搖搖晃晃，看來驚險萬分。強風像是要將樹木連根拔起似的無情猛吹，「希望平安無事，」柳真暗自心想，「要是發生土石流或者湖水暴漲怎麼辦？該不會有音樂人進不來昭陽里吧？」

＊＊＊

一開始柳真歪頭不解，猜想眼前的人難道是自己認識的人，但因為時間久遠而認不出對方嗎？總覺得那人好眼熟，似曾相識，卻始終想不起究竟是在哪裡見過對方。雖然已經在腦海中上演完一輪猜測，但怎樣都想不出答案。這已經是柳真第三次轉頭望向對方，她索性直接盯著對方看，目不轉睛地觀察許久，才終於有點眉目。她可以肯定，站在那邊用超大音量獻上歡呼、奮力搖動螢光棒、原地興奮跳躍的女子，正是長期入住小書文旅的崔詔熙小姐。

當史黛西・肯特簡短介紹完最新發表的歌曲、準備開始表演時，柳真便見詔熙瞬間化身成比誰都還要熱情的粉絲。晚間七點，公演已經開始，天空仍下著大雨，而且雨勢還有逐漸增強的趨勢。然而，身穿雨衣或撐傘的觀眾統統站起身，享受著斗大雨滴墜落在既濕又悶的空氣間。所有人都是為了一睹舞臺上的精采演出而不畏豪雨齊聚一堂，宛如通過一場篩選誰才是忠實粉絲的關卡似的，所有人都情緒沸騰，比平時更加亢奮。韶熙混在觀眾群裡，和其他觀眾打成一片，毫不介意地勾肩搭背，一同哼唱，還相互擊掌。

公演直到晚上九點多才落幕。外頭已經風強雨驟，歌手們因為擔心觀眾而打算在沒有安可的情況下結束演出，但是專業的雨備軍團怎麼可能就此善罷甘休？最終，大家爭取到三首安可後才發出依依不捨的呼喊、獻上熱情掌聲，收拾隨身物品紛紛離場。現場播放著安全離場的宣導廣播。

「那個……韶熙小姐！」

柳真轉身回頭，等到準備離場的韶熙快要與自己擦身而過時，小聲地叫住了她。韶熙似乎有些驚訝，張望了一下周遭，露出略顯尷尬的笑。

「喔……？老闆！您也來看這場公演嗎？」

韶熙和一同離場的朋友們簡單道別後，往柳真和亨俊的方向走去。她的遮雨帽沿還有雨滴滴答落下，臉上的妝容早已被雨水弄花，雖然不是悶熱的夏夜，但多少還是能聞到汗水的氣味。她的雙頰泛紅，兩眼彷彿仍未脫離感動的瞬間，依舊閃閃發光。「崔韶熙小姐是如此開朗的人嗎？」柳真一邊心想，一邊對韶熙微笑示意。

「您也喜歡爵士樂嗎？」

「對啊，雖然不是很懂，但因為村上春樹的書裡經常提到，所以每次閱讀時都不免好奇『真的是這樣嗎？』，然後就會去找那首歌來聽聽看。聽著聽著，就慢慢找到了幾首喜歡的歌曲，僅此而已。看來是村上春樹的引介有效呢。」

韶熙來回看了柳真和亨俊各一眼，問：「兩位也喜歡爵士樂嗎？」

柳真瞄了一眼韶熙腳上濕透的鞋子，笑著回答：「啊，我其實也跟你差不多。古典比較難、K-POP節奏太快、地下樂團又有點難懂，但是爵士的話不太需要理解，可以輕鬆沒負擔地純欣賞，所以我滿喜歡爵士樂。閱讀時我都是以冷爵士樂當作背景音樂，就只是比較熟悉而已，不曉得能否稱得上喜歡。」

柳真用手肘對著站在一旁的亨俊戳了幾下，繼續說：「您別看這位這樣，他其實主修音樂喔！和我這種幼幼班的完全不是同一個等級，你說是不是啊，亨俊？」

「哇，真的嗎？」韶熙的眼神頓時充滿驚奇。

亨俊在錯愕之餘連忙補充解釋：「啊，不不不，我才是超級幼幼班，早就忘光光了，真的什麼也不記得。」

三人相視而笑，感覺到內心一隅有著相同的感受，認為彼此是同一款人，彷彿每個人都是一座獨立的小島，隔著一段距離生活，但有情感相似的旋律在深海底下將彼此連在一起。

雖然他們有帶傘面較大的雨傘出門，但柳真和亨俊已經是接近全濕的狀態，好像也不太需要再撐傘。在強風接連的猛攻下，雨水不停往衣服裡鑽，但也許是因為太開心，或者公演的熱情尚未消褪，三人絲毫不覺得冷。

「韶熙小姐，我們打算在小書咖啡廳裡做鬆餅來吃，您要吃一點再回房休息嗎？這可是宵夜的不二選擇喔！我們在來的路上已經買好食材了，因為有預想到回去後會想要吃點東西。」

＊＊＊

鬆餅烤成光滑柔順的焦糖色，亨俊從小書咖啡廳櫃臺的冷凍庫裡取出一桶香草口味的冰淇淋走過來，玻璃窗外傳來篝火燃燒的劈啪聲響，接著又是「唰——」宛如海浪般的雨聲，忽大忽小。三人聊著剛才觀賞的表演，吃著溫熱的鬆餅搭配冰涼的冰淇淋。

柳真正在講述自己是在什麼因緣際會下喜歡上史黛西．肯特。

「可能是因此，今天史黛西．肯特在舞臺上演唱〈Postcards Lovers〉時，讓我想起了和朋友一同去旅行的那些瞬間，那天的風、笑聲、溫度，所有回憶都埋藏在歌曲的每一處……」

坐在柳真身旁的韶熙也默默點頭說：「我只要聽到她的聲音，內心就會泛起漣漪，感覺自己好像變成在魚缸裡悠游的小金魚，四周頓時陷入一片寧靜，感動、溫暖、孤單、害怕等情感會像糾纏打結的毛線緩緩湧現，然後音樂旋律就會慢慢撫慰這些錯綜複雜的情感。」

拍打在玻璃窗上又消失無蹤的雨聲，有著喚起過往記憶的魔力。風聲明顯比白天緩和許多，沉默暫時降臨。

「不過……您主修完音樂後怎麼會來昭陽里小書廚房上班呢？」

韶熙小心翼翼地詢問亨俊，與此同時，窗外傳來了「呼～」地一聲，彷彿風在代替亨俊回答。亨俊有些不好意思，最後用渾厚的嗓音分享起自己的故事。柳真覺得亨俊的嗓音像極了大提琴的聲音。

「當初是為了成為作詞家，所以主修實用音樂系，雖然我自認已全力以赴，但仍面臨沒有任何人願意雇用無名作詞家的困境。我挑戰過公開徵件的比賽，也做過試聽樣本、寄提案書、投遞履歷，全都石沉大海。畢業後頭兩年一直過著這樣的生活，最後決定放棄一切回來昭陽里，在母親認識已久的朋友經營的園藝店裡打工，畢竟沒有什麼特別想做的事情，也不曉得自己可以勝任什麼工作，最後遇見了昭陽里小書廚房，剛好看到這裡在徵人，於是就連夜寫了自我介紹並做了一份企劃書。」

柳真似乎是想起了當天的情景，面露笑容，並與亨俊相視而笑。

柳真緊接著說：「別提那天了，您都不曉得這人面試的時候有多緊張，回答得亂七八糟，但是我很滿意他的眼神，可以感受到誠懇，充滿真心的誠意。」

亨俊當初在企劃書中提到，希望昭陽里小書廚房這個空間能如流水，流傳每一位顧客的故事，也能如岸邊，當人們感到辛苦煩悶時，可以到此處小憩，獲得安慰，諸如此類的概念，並且以年份為單位，規劃了一份密密麻麻的活動專案。他提出的社群媒體行銷也十分新穎，所以在面試前，柳真和時禹就已經有志一同地認為無論如何都一定要錄取這個人。後來在面試即將結束之際，柳真微笑地對著肩膀內縮、難掩焦慮的亨俊說：

「下週一開始可以來上班嗎？不過我們這邊的基礎施工都還沒完成，短期內應該會有一種來工地上班的感覺。」

柳真認為，下雨的夏夜有一股魔力，會讓人不自覺地願意把內心深處的祕密說出口。陽光燦爛的盛夏白晝有種保持沉默的氣氛，到了滂沱大雨的夜晚就會變得無所遁形，感覺不論說什麼，都會被雨水沖刷帶走，所以可以安心地說，而且不說點什麼好像也不行，因為內心的那口井早已快要滿溢。

韶熙默默聆聽著外頭傳來的傾盆大雨聲，終於開口說：「那個……其實我剛收到健康檢查報告，醫生說我可能患有甲狀腺癌，雖然也有可能是良性腫瘤，但癌的機率比較高，所以決定先做切除，預計下個月動手術。」

空氣頓時凝結，驚愕不已的柳真猛地抬頭望向韶熙，亨俊則是瞬間表情僵硬。晚風似乎已經用盡力氣，窗外一片寧靜；大雨也像是在暗中察言觀色，默默調低了音量。然而，唯獨韶熙的表情像是在說著別人的事情一般淡定。

「不過好險是在初期階段就發現，尚未轉移，只要動個手術、切除就好了，應該不會有太大問題。醫生告訴我治癒率高達九成，現在醫療技術發達，這種程度的病還算好處理。」

韶熙用叉子把剩下一點點的鬆餅碾碎，淡然地繼續說。香草冰淇淋的香氣掠過鼻尖。

「其實我叔叔就是因為甲狀腺癌過世的，約莫十年前的時候。我和他不到非常熟，但他是我認識的人裡面第一位離開人世的，對於當時二十歲的我來說是很大的衝擊。儘管理論上一直都知道人生總有盡頭，但畢竟還是沒有實際遭遇過死亡。叔叔他那時大概是五十歲出頭，對那時的我來說，一個人的一生在世界上從此消失是一件大事，然而，十年後的今天輪到我被醫生宣判甲狀腺癌，我覺得……」

韶熙像是在整理思緒，中斷了發言。外頭的雨聲滴答不斷，柳真和亨俊像個尚未輪到自己登場的演員般靜悄悄地坐著，依著雨滴的節奏輕輕點頭。

韶熙像在歎氣似的，淺淺吐了一口氣說：「原來十年光陰如此短暫。叔叔離世的時候我年僅二十，而我現在已經三十二歲了。假如人生是以這樣的速度流逝，那麼應該一晃眼就會來到五十歲吧。」

柳真喝著已經冷掉的咖啡，亨俊凝視虛空，陷入沉思，韶熙表情淡定，但說話的嗓音隱約顫抖。韶熙把纖細的手指放上額頭，將面前的髮絲緩緩向後撩，然後將綁在一側的頭髮鬆開，重新綑綁，彷彿在提醒自己要打起精神。她繼續說：

「所謂完美的瞬間並不會出現在我們的人生當中，我們是以不完美的狀態活在世上，直到某個瞬間像突然斷電一樣迎來終點。但在我二十多歲的時候徹底忘了這一點，我是符合韓國社會要求的人才，有足夠的能力應付那些考試，也有滿強的好勝心，面對有標準答案的選擇題考試也沒有太大抗拒，因為我自認有滿好的觀察力可以技巧性地猜出答案。因此，我幸運地進到了還不錯的大學，也順利通過法學院的課程，原本過著忙到昏天暗地的日子……」

韶熙像是憶起了過往，注視著窗外某處，視線越過傾盆而下的大雨和飄散著一股悶濕味的風景，目不轉睛地盯著某個東西看。她喝下一口咖啡，用手摸著頭髮，似乎是在確認有無綁好，說：

「我一臉茫然地看著說不定是甲狀腺癌、建議安排進一步精密檢查的健康檢查結果報告，內心不禁浮現這樣的想法：也許這是叔叔寄給我的信也說不定。要是在天堂的叔叔寫一封信給我，我想內容應該會是：『韶熙啊，仔細想想看你真正要的是什麼，而不是別人認為好的。人生其實比想像中短暫喔！』諸如此類的內容。」

柳真猶記韶熙初來昭陽里小書廚房的那天，她看起來神情憔悴，沉浸在自己的思緒當中，拖來的深綠色皮箱可能也沒裝多少東西，所以在拖行時偶爾會離開地面。夏日森林鬱鬱蔥蔥，彷彿在迎接生命的全盛時期，生機勃勃，但是在韶熙身上找不到一絲夏日豔陽，她活像個迫降在小巧寂寞星球上的人，看上去格外孤單。

然而，在梅雨下個不停的今晚，從神色舒緩許多的韶熙臉上可以感受到淡淡的光。柳真沉默不語，靜靜聽著韶熙的經歷，有一種彷彿在閱讀某人的故事的感覺。

韶熙喝下一口咖啡，接著說：「也許過去的我一直都躲在安全範圍裡生活，大家都以為我日子過得不錯，終於駛上美好人生的高速公路，或者認為我通過了艱苦難關，為在激烈競爭中獲勝的我喝采。最終反而是我從未好好問過自己，這究竟是不是我真正想做的事、想成為的樣子。我只一心專注在競爭的過程裡，從未好奇過這條路的盡頭有什麼。」

從未有人問過韶熙「你想過什麼樣的生活？」，也沒有人想和全校第一名聊聊她將來想做什麼、想過怎樣的日子，甚至就連韶熙自己也認為，就算沒有人問她這些問題也沒關係，所以才會在別人為她安排的每一場競爭裡以脫穎而出為目的向前直衝。

「直到我看到健康檢查結果報告以後，人生才啟動了緊急煞車系統，讓我有機會重新好好檢視自己，彷彿老天在叩問我真正的夢想是什麼、知不知道自己是個怎樣的人……」

「原來如此……」

柳真默默點頭，和韶熙四目相交。

「也許……這樣也好。」

「您是指什麼？」

「我指人生啟動緊急煞車系統這件事，因為原本的人生只有一直拚命向前衝，現在至少不是直接走到終點，而是擁有暫時停下來思考的機會。」

「嗯，的確是……。」

「有一本書叫《早晨適合思考死亡》[10]，作者是金英敏。」柳真一邊用手指輕敲咖啡杯緣一邊說。外頭雷聲大作，宛如透過擴音機傳出的聲響。柳真感覺自己好像掉入了漆黑深淵。

「朋友興奮地推薦我看，說這本書裡充滿機智又閃亮的智慧，作者引用了麥克・泰森（Mike Tyson）的一句話：『在被迎面痛擊之前，每個人都有自己的一套計畫。』」

三人不約而同地笑起來，感覺空氣突然變得柔和許多。

柳真喝了一口咖啡，說：「作者在書中經常問讀者一些人生當中被視為理所當然的價值或過程，不論是結婚、學校還是成功等，進而提出『到底為什麼？』的疑問，也表示人生短暫又可貴，不該浪費時間在閱讀枯燥乏味的文章或聆聽某人的長篇大論，而是要思考自己的人生，閱讀一些會打動人心的文章。」

韶熙緩緩點著頭。柳真則是深深注視著韶熙的眼睛。

「所以……這也許是個機會也說不定，不是人生啟動了緊急煞車系統，而是得到了一份珍貴的禮物，讓自己有機會重新過一次真正的人生。」

「的確。」

韶熙用雙手圈住馬克杯，「也許是翻到人生的機會卡也說不定。」

原本只是默默點頭聆聽的亨俊說：「那看來我的人生機會卡是當年飛往澳洲的機票，因為我退伍之後就直接飛去澳洲打工度假了。」

這是連柳真都未曾聽過的事。

「澳洲？」

「嗯。」

10 原文書名：아침에는 죽음을 생각하는 것이 좋다，無中譯本。

亨俊眼神向下，看著杯中已經降溫的黑咖啡，準備娓娓道來。亨俊的中低嗓音和外頭的雨聲十分契合，雖然他總是面無表情，但今晚卻能讓人看見心思，好比在湖邊觀賞映照在水面上的月亮。

「其實當時我是逃去那裡的。因為就算選擇復學，回去學校就讀實用音樂系，也看不到未來。直到有一天，室友對我說，在南半球看不見北極星，而且澳洲月亮移動的方向也和韓國不同。」

亨俊似乎對聽見自己的嗓音感到有些不習慣，暫停了一下，咳咳，順便清一清喉嚨。柳真嘗試推算現在幾點了，但毫無頭緒，乾脆想像起亨俊在偌大的澳洲農場裡進行番茄採摘工作時的模樣，也想像亨俊和室友倒頭昏睡的夜晚，滿月不疾不徐地按照自己的方向移動的模樣。

亨俊再度開口說：「在赤道北方的世界，北極星是永恆的指標，好比恆定的標準一樣，大家都深信要符合那樣的標準才是所謂正常的人生。然而，在赤道南方的世界，標準並不一樣。我望著布里斯本的夜空心想，在一片漆黑的沙漠上迷失方向時，每顆星星指引的方向會不會不盡相同；在大雪紛飛的山中徘徊時，北半球的人會尋找北極星，南半球的人則需要倚賴模糊的南極星來找路。有些人斷言甜甜圈的中央有一個小洞是理所當然之事，但其實也有人主張最原始的甜甜圈是沒有洞的麵包。所以我想……正常人生的標準應該不只有一種才對。」

柳真想起了一本小說，有個世界是升起兩個月亮才正常，故事中的人認為夜空高掛兩個月亮是再正常不過的事情，不能理解為什麼主角要對如此理所當然的事情感到好奇，用狐疑的眼光看待主角。主角也感到十分錯愕，明明夜空中就該只有一個月亮，不解為什麼突然變成了兩個。雖然這在他原本居住的世界裡有違常理，但在他偶然進入的故事世界中，主張月亮只有一個反而不合理，因為媒體記者、電視新聞和科學家們的研究都明確指出，圍繞在地球周圍移動的行星是兩個月亮。

韶熙對著亨俊點頭回應：「……是啊，我們的社會只崇拜最年輕的錄取者以及最短時間解題成功者，但其實每個人花落花開自有時，開花的方式也不盡相同，設定的人生路徑也豐富多樣，沒有人指定非怎麼走不可，人們卻很容易因為稍微偏離了路徑而惴惴不安。」

韶熙冷靜沉著的嗓音宛如清晨在溪邊默默下著的冬雨，她的這段話，比起憤怒，反而帶著一層空虛無力的色澤。

柳真點頭附和：「就好比一定要有第一名頭銜、過著前段班的人生，才能稱得上是成功人生一樣，這個社會無時無刻都在緊迫逼人。感覺就像期待孩子一次都不能跌倒就直接學會走路那樣，這個國家就是如此，甚至還會唬我們，一旦不小心脫離制定的路徑，人生就會從此一蹶不振。」

亨俊無奈苦笑，補充道：「可不是嗎？哈！其實就連導航都不會擅自把最短路徑判斷成最佳路徑了⋯⋯」

韶熙眼睛發亮，拍手回應：「對欸！怎麼連導航都知道的事情，大家卻不知道呢？最佳路徑設定！」

大夥兒相視而笑，「最佳路徑」這個詞在韶熙心中如淺淺漣漪般不斷擴散。人生不是一場百米賽跑，但說是一場馬拉松好像也不是，最終，人生可能是一連串找出適合自己的速度與方向、設定屬於自己的最佳路徑的過程。

亨俊看著韶熙問，說話的嗓音不再小心翼翼或尷尬彆扭：「那個⋯⋯其實我一直很好奇，您當初申請在小書文旅住宿一個月是有什麼計畫嗎？」

「沒有計畫就是我的計畫，只是純粹覺得如果可以待在大自然裡閱讀、寫日記應該會很棒。啊！還可以去參加爵士音樂節。」

三人同時放聲大笑，空氣如柔軟蓬鬆的麵糰，柔和了許多。

亨俊點頭回應：「因為我每次路過的時候都看到您在認真寫東西……原來是在寫日記啊。」

「嗯，一開始的確只有寫日記，後來想起了《綠野仙蹤》的故事——因為戴上綠色眼鏡，所以眼前全成了綠色的那段故事。讓我不禁好奇，真正的奧茲世界究竟是什麼顏色？於是又開始想像純天然色的奧茲世界……然後就想到，其實每個人都有最適合自己的顏色，書可能也是，所以我開始著手寫一個有關魔法書店的故事。在那間書店裡，店員會幫每位客人尋找屬於自己的『人生之書』。」

柳真聽到立刻眼神發亮，「哇，好好奇是個什麼樣的故事！」

「哎唷，還稱不上故事呢，只是想到什麼就寫什麼，亂寫一通。如果用畫畫來比喻就是在塗鴉而已，哈哈！」

韶熙說出自己的故事之後，感覺原本空虛的內心逐漸被填滿，本來被硬生生卡在喉嚨、胸口裡的某個東西，好像也在緩緩融化。

一片茫然無望的漆黑中，終於有一縷光線穿透進去。隨著將長年沉入湖底、早已失去光彩的故事講給柳真和亨俊聽之後，韶熙感到有些安心。梅雨聲變成輕快的爵士鼓聲，彷彿在為韶熙加油打氣。她暗自心想：「看來來這裡是來對了。」臉上自然揚起了笑容。

夏天的梅雨下個沒完，但是柳真心知肚明，這場雨總有一天會停止，在有限的生命裡，今天的我們只是又靠近了終點一步。我們不能單靠咬牙苦撐來度過地球上的夜晚，也許每個人都需要夜晚狂歡的時間。最終，那是個沒被颱風影響的夜晚。

柳真吃著涼掉的鬆餅，看著和亨俊繼續閒聊的韶熙，她相信不久後韶熙絕對會成為一名法官，但是法官的皮囊只是韶熙人生的起點，而非最終目的地。她衷心希望韶熙可以以法官的身分度過白晝，並以寫作為夜晚畫下句點。她想像著幾年後韶熙寫的故事會被陳列在書店展示架上的模樣，期盼見到將來的韶熙能夠發現屬於自己的那條最佳路徑。

第四章

# 仲夏夜
# 之夢

한여름 밤의 꿈

世璘站了整整五小時，好不容易有機會坐下。她看見身穿短裙婚紗的新娘從遠處走進宴會廳，神情略顯疲憊，不過看起來是對於戶外婚禮順利落幕感到安心了不少。她緊牽著新郎的手，正在向親友一一問好。

八月，過去連續幾週都是豔陽高照的昭陽里，偏偏今天朧罩著一層灰濛。天空烏雲密佈，陽光像穿過貼了隔熱膜的車窗，隱約不明。夏日繡球宛如象徵著永恆之愛的捧花，在昭陽里小書廚房的庭院中優雅綻放。遠道而來的賓客互相噓寒問暖，紛紛表示今天的天氣沒有想像中炎熱。

戶外婚禮是世璘七月份加入昭陽里小書廚房之後負責的第一項專案，說得更精確一點，應該是世璘無意間規劃出的第一個計畫。其實，世璘自從四月到訪昭陽里小書廚房之後，逢人便宣傳小書廚房的美好與魅力，尤其對家人和朋友更是強烈推薦，並於Instagram和Naver部落格上傳許多照片和影片。

「姊，你覺得那邊適合辦婚禮或宴客嗎？」

久未聯繫的志勳透過Instagram的私訊功能傳來訊息，世璘一開始還沒想出志勳是誰，彷彿在茫茫大霧中徘徊了一會兒，最後才想起對方是南于哥的表弟。啊！住在德國、聰明心善的那個孩子！雖然住在柏林二十多年，卻一點都不像僑胞的那個弟弟！

世璘立刻回傳訊息：「當然囉！假如我是新娘，一定會想在那裡舉辦婚禮！有莊園婚禮的感覺，應該會很浪漫。所以是你要結婚嗎？」

「我也好希望是我喔！不過不是啦，是我研究室的學長要結婚，聽說新娘非常想辦戶外婚禮，但是首爾的莊園婚禮和戶外婚禮場地都已經被訂滿，所以正在四處打聽還有沒有其他場地。」

「原來是這樣。我認識那裡的員工，不然我幫你問問看好了。」

於是，世璘詢問時禹能否在昭陽里小書廚房舉辦戶外婚禮。也因為這樣的契機，世璘加入了他們，成為昭陽里小書廚房的夥伴。雖然表面上是為小書咖啡廳設計周邊商品、擬定行銷活動的角色，但其實只要是有關戶外婚禮、宴客、研討會等小型活動的準備工作，都由世璘負責統籌。

首次籌備的戶外婚禮簡直就像一場長跑比賽，世璘坐在筆記型電腦前，像跑百米般埋首畫插畫，為了讓戶外婚禮的空間和婚宴餐點、場地佈置、音樂等如管弦樂團般完美整合而努力不懈地奔跑。她親自觀摩知名飯店的戶外婚禮場地，也特地出差去找廠商開會討論、試吃婚宴菜色，然後為了安排最適合現場空間的照明和擺飾道具，多次往返燈具店和派對佈置用品店，彷彿是在「昭陽里小書廚房」這片巨大畫布上盡情揮灑對婚禮的憧憬。

「姊，好久不見！」

「哇，志勳，你這小子，現在真的有濃濃的大人味了喔！」

雖然已經四年多未見，但是世璘面對志勳一點也不覺得尷尬。其實志勳帶著一點南于——世璘的初戀情人——的感覺，話不多，卻不至於難搭話。四年前她見到志勳時，志勳剛退伍，頂著一顆大平頭，皮膚也有些粗糙，臉上冒著幾粒痘子。不過今天的志勳一身西裝筆挺，肩膀變得比以前更寬，留長的頭髮也用髮蠟整齊梳理，那身靛藍色西裝搭配黑亮的皮鞋十分帥氣，帶有深紫色條紋的灰襪子也讓人感覺別具巧思。志勳面帶微笑望著世璘，整體樣貌比以往更穩重柔和，似乎也多了一份從容。

「一開始收到你的聯繫時，我還以為是你要結婚呢！話說回來，你怎麼會在研究室？現在已經徹底回來韓國了嗎？還是只是短暫回來？」

「嗯，我目前在韓國大學攻讀心理學碩士，四年前在韓國當完兵後馬上就進了碩士班，所以乾脆留在韓國不走了。啊，應該要用『定居』來說明才對，對，對吧？」

志勳憨笑著，眼睛笑起來依舊是個半月形，「以前南于哥笑起來也是這種眼睛」，世璘不禁想起了南于的面孔。但如今就算想起南于，她也不會再心痛到無以復加了，取而代之的是有些感傷，心情也比以往淡定許多，有時甚至會想起一些有趣的回憶，內心溫暖不少。

「你在柏林生活那麼多年，看來還是會想回來韓國住嘛！不過，那位是……你的朋友嗎？」世璘隱約使著眼色，好讓其他人無從察覺，並放低音量小聲探問。

志勳點點頭，擠出一抹笑，但他眼中閃過的一道黑影仍被世璘巧妙捕捉。

志勳像是在安撫內心緊張似的，輕輕歎了一口氣說：「嗯，她就是我之前說過的那位朋友，瑪莉。」

＊＊＊

瑪莉和志勳是青梅竹馬，瑪莉三歲時便被父親帶去德國柏林，志勳則是六歲時全家移民柏林。兩人在截然不同的家庭中長大，彷彿在同一個空間裡過著不同的時代，南轅北轍。

瑪莉的父親經營一間武器販售公司，不，正確來說，是瑪莉二十歲前一直以為如此，父親的人生有如一片神祕大海，總是難以讀懂他的心思。對瑪莉來說，她沒有任何有關韓國的記憶。她擁有一張三歲那年春天在德國拍下的照片，瑪莉的生日在十月，所以等於出生後十八個月左右她便去了柏林。「媽媽」這個詞在她家是不容提起的禁忌，身處連個親戚朋友都沒有的德國，自然也不存在可以詢問具體狀況的管道。因此，瑪莉常獨自想像，母親會是適合穿哪種衣服的人、拍照時會擺出哪種表情。小小年紀的瑪莉對著鏡子檢視自己臉上每個角度，思考有哪些地方長得像母親。

有別於瑪莉與她父親只在法律上是共同體，志勳與家人則是不折不扣的化學結構式，宛如一體，即使是微小的幸福和煩惱也都會毫不吝嗇地互相分享。

志勳的父母在柏林的韓國城經營洗衣店，從早上六點營業至晚上十一點。母親總是披頭散髮、神情疲倦，父親則是一直為每個月的生活費苦惱，卻從未讓志動感受過物質上的不足。

他的父母不論多忙，一定會每天看著志動的眼睛說「我愛你」，還會另外存一筆錢在小小的存錢筒裡，用來買志動的生日禮物；每週日固定店休時也會帶志動走訪柏林的公園、美術館、自然博物館、動物園等，一張張記錄著他們共同度過歡愉時光的照片成了愛的證據。打從志動有記憶以來，父母在他的印象中就一直認真打拚過生活、總是面露燦爛笑容、告訴他爸媽有多愛他。這是父母可以為志動所做的最佳人生教育，也多虧了這樣的教養方式，志動得以長成可靠又充滿穩定感的孩子。

直到全家移民至柏林第五年以後，志動的父母才終於得以鬆口氣，因為洗衣店成了可以為家裡賺取穩定收入的來源，他們甚至還將洗衣店隔壁原本打算停業的超市買下。自從父母將洗衣店二號店開在米特區以後，儘管將洗衣費和衣服修改費微幅調漲，客人仍因好口碑而願意光臨，絡繹不絕。他們真心對待客人，洗衣店裡充滿誠意與溫暖的氣息，超市裡則充滿開朗的噓寒問暖。客人備受老闆關心與愛戴，自然像磁鐵相吸一樣不斷地上門光顧。他們往往不是因為真的有衣服要送洗，也不是因為需要採買食物果腹，而是為了填補內心空缺而特地前來。志勳的父母能讓失去光彩的人們重拾自信，將滿佈皺紋的內心溫柔熨燙、使之重獲平整，因此，洗衣店和超市能夠生意興隆，是再理所當然不過的事情。

十一歲那年，志勳進入一所距離柏林三十分鐘車程的國際學校就讀，藉此完成父母當初移民德國懷抱的心願。國際學校不論在課程安排還是教育環境等方面，幾乎都接近完美。雖然一年學費高達數千萬韓圜，但是志勳的父母一點也沒有不捨。

轉學第一天，志勳帶著緊張的心情到校，推開紅磚牆旁古典風格的大門，映入眼簾的是明亮又現代化的教室。每班固定收十五名學生，所有課程以全英語授課，除此之外，還設有可以進行騎馬、吹笛、游泳、芭蕾、橄欖球、音樂劇等各種活動的空間。班導師總是面帶陽光的笑容，挑高的天花板優雅發亮，操場上的草地也總是修剪整齊，國際學校是一座宛如天國的空間，可以和各種國籍的同學立刻打成一片。

成為轉學生的第一天，十一歲的志勳一眼就認出坐在教室第二排的瑪莉，與其說是一眼認出，不如說是封存在腦海深處已久的某個畫面自動上映。志勳第一次見到瑪莉是在他八歲那年，在柏林一座自然博物館內。瑪莉當時面無表情，和一臉嚴肅的姊姊一同坐在某個展覽室中央，志勳經過瑪莉身旁，不經意地回頭看了她一眼，女孩的臉像蜜蠟人形般精緻漂亮，卻有著一雙不會在同儕之間找到的幽暗眼神。

志勳這時才發現，原來小女孩正在看著他的家人。志勳的父母分別牽著志勳的左右手，經過一週辛苦的上班工作後，因為可以和兒子一起悠閒看恐龍而神情開朗，志勳的母親不停用韓語向兒子搭話。小女孩目不轉睛地盯著他們，直到志勳一家人走過一條拱型通道，再走進一間佈滿蝴蝶和昆蟲標本的展覽室為止。她在某個剎那和志勳眼神交會，並在志勳心裡留下難以理解的印記。

***

二十八歲的瑪莉依然不會讓自己醉到不省人事，儘管在互相勸酒的場合上，只要裝作有點微醺，就不會有人懷疑。雖然周遭朋友都以為瑪莉是不勝酒力的人，但事實並非如此。瑪莉從不相信催眠或心理諮商，但與其說是不相信，用盡可能避免接觸來形容更為準確，因為她總是戰戰兢兢，害怕腦中的想法浮出水面，所以在發言前都會在腦海裡謹慎地順過一遍，確認自己編織的謊言是否符合邏輯，以及編造出來的內容是否完整無缺、有無瑕疵或疏漏等等。不知從何時起，對瑪莉來說，說謊反而能使她感到安心，要說出真相反而有些沉重。

「你要回去美國了，會不會有點捨不得？」

「多少會有一點，但我媽老是叫我回去。」

瑪莉用一副想要終結這場對話的口吻回答研究室學長，然後環顧了一下昭陽里小書廚房周遭。隨著太陽西下，庭院直接成了戶外宴客場地。柔和的黃色照明像踏腳石一樣跨越草地，現場播放著如浪漫夏夜的華爾滋舞曲。

當然，這世上並不存在要瑪莉回去美國的媽媽，但是每當她提起，就彷彿真的有一位親切、溫暖、偶爾還愛生悶氣的可愛媽媽。瑪莉就像一名心思縝密的編劇，擬出一套屬於自己的人生腳本。她熟記劇本裡所有細節，想像著那些人物，反覆提醒自己這些都是事實，都是實際存在的人，就好比在對自己唸咒一樣，而且只要回想起志動的母親，就更容易自我催眠，讓自己深信這一切絕無作假。

驚人的是，在她的虛構世界裡，用精雕細琢的謊言築起一棟房子，就真的會生出一棟房子，沒有任何問題，反正人生本來就真真假假。一片甜蜜安樂、有點看似特別的世界正在謊言裡悄悄展開。

「要是令堂也能一起回來韓國就好了……其實只來一年當交換學生就回去，比較不容易留下研究實績，所以……」不曉得是不會讀人心還是太想展現親和力，學長一邊搖晃酒杯一邊說。這位學長是在媒體傳播領域專門研究認知心理學的博士班前輩，香檳杯裡的氣泡像寶石不停閃耀。

「學長，抱歉，我先離開一下。」

瑪莉露出排列整齊的牙齒微笑，硬生生打斷學長的話，然後像是在對別人用眼神打招呼似的點頭，連忙從位子上起身。學長好奇地轉頭張望，但難以分辨瑪莉究竟在向誰問好。一群眼熟的研究室同事和學長站得穩重直挺，時而交頭接耳，時而開懷大笑。

瑪莉就像是有著保護色的變色龍，很自然地融進人群裡。她看著那群前不久才剛一起去ＫＴＶ唱歌，用嘶吼的音量大聲喧嘩、勾肩搭背、舉杯碰杯的同事，嘴角不禁揚起淺淺笑容。她很喜歡韓國的飲酒聚餐活動，那是她第一次見識到人與人的距離可以如此貼近，「你我不是外人」這種韓國特有的共同體意識，宛如藉著飲酒聚餐場合的氣息而被喚醒的魔法師一樣徘徊在周遭，瑪莉則像是時隔多年才回到娘家一樣，心情十分放鬆。

再加上宴客自助餐檯上滿是韓式料理，從燉豬肋排、炒雜菜到各式煎餅、海苔飯捲、壽司、烤牛肉片、宴席麵等，一個接一個等著客人上前取用。簡約又有質感的陶瓷碗和餐具閃閃發亮，教人期待。瑪莉想起了在志動家裡吃過的那頓聖誕大餐。出身全羅南道麗水市的志動媽媽，總是能在德國柏林達成複製出小麗水市的任務。她動員了所有能夠從韓國空運過去的材料以及在當地可以找到的食材，芥菜泡菜、老泡菜燉鯖魚、辣海鮮湯是主要菜色，另外還有醬滷雞蛋、涼拌豆芽、煎豆腐等超過九種小菜擺滿整張餐桌。

對於當時的瑪莉來說，那是她第一次接觸以海鮮類為主所烹煮的韓式料理，過去她只熟悉烤牛肉片或不辣的泡菜，辣海鮮湯、燉魚、芥菜泡菜這些都是她人生第一次見到。然而，當她品嚐第一口，就有一種彷彿長年思念的味道，緩緩在口中融化。瑪莉的韓語說得不好，但是幾乎能聽懂志勳和父母的韓語交談。每次只要和志勳的家人在一起，瑪莉就不需要特地編造故事，因為志勳的家人認為人人平凡，並且深信當身穿平凡衣物、用自己的方式過生活時最發光發熱，不理解那些假裝高尚的人的瞬間快感與優越感，「我以前也做過所以比較懂」、「我也有賺到那種程度的財富所以知道」、「我活到這把年紀也經歷過這些情形」，擺著架子用這種話做為開頭的說話方式，在志勳一家三口身上完全沒有。

因此，瑪莉和志勳在一起時，可以從必須看似完美、與眾不同的壓力中徹底解放，志勳的家人從不執著於探問瑪莉的隱私，也從未面露任何好奇瑪莉人生的表情，父親從事什麼工作、家境優不優渥、和母親最難忘的記憶是什麼、將來的夢想是什麼等等，都從未直接或間接詢問過。對於志勳的父母來說，瑪莉就只是志勳的朋友，只是志勳在德國認識的韓國朋友，他們透露著「這樣就足夠了，還需要什麼嗎？」的眼神。每每見到志勳的家人，瑪莉都不需要在意任何事，可以放鬆地笑開懷。

「瑪莉！這裡！」

志勳站在庭院另一頭叫住了瑪莉，音量不大，卻像射出的箭一樣插進瑪莉耳裡。瑪莉穿過人群，走向志勳，心理學系研究室的男同事們暗中觀察的視線也隨之移動。

瑪莉生著一張白皙臉蛋、圓潤飽滿的額頭，還有像芭比娃娃一樣的深邃雙眼皮以及圓滾滾的大眼。她綁著一束染成淺褐色的馬尾，隨腳步輕輕搖擺，她身穿不帶任何花紋的黑色長洋裝，宛如模特兒般合適。也許因為臉上畫的是淡妝，她華麗精緻的臉蛋更顯突出。雖然她像個有些膽怯的孩子，肩膀微微往內縮，但是走路的姿態仍然優雅，教人聯想起芭蕾舞者。瑪莉身上瀰漫著一股神祕的氣息，儘管和她在研究室共處一年左右的時間，對於其他人來說，她依舊像新人研究員一樣神祕。

「欸，你怎麼還是老樣子！」

當瑪莉穿過昭陽里小書廚房的庭院走向志勳時，不小心一個踉蹌，志勳連忙伸手攙扶道。瑪莉抬起頭，看見身穿帥氣西裝的志勳在對她微笑，旁邊還有一名長相可愛的女子正目不轉睛地盯著她看。

「竟然可以一點也沒變。」

「志勳……」

瑪莉心裡想著，這是志勳久違地對她露出笑容，下意識地點點頭。

＊＊＊

踉蹌跌倒一直是瑪莉的專長，她雖然擁有幾近完美的臉蛋和姿態，卻動不動就跌倒，不論是在國際學校學芭蕾舞時，還是在學校換教室上課走在走廊上時、在住處的庭院舉辦萬聖節派對時、在排練歌舞劇公演的舞臺上也是，她和志勳正是因為一次跌倒事件而變得熟識。當時兩人在學校走廊上差點撞個正著，瑪莉為了不要撞到志勳而緊急轉向，卻因為一時重心不穩、往旁邊傾倒而扭傷了腳踝，動彈不得，最後志勳只好背著瑪莉送她去保健室，自此之後，兩人就變得形影不離。

瑪莉的腳打了石膏，連續一個月都裹著，志勳認為瑪莉的腳傷是因自己而起，自然要幫忙提書包或物品。因此，兩人一起寫數學作業，也一起閱讀討論課之前需要先讀的《梅岡城故事》、《清秀佳人》、《小王子》等書。

瑪莉見到志勳的父母就是在那一年的聖誕節。

「哎唷！怎麼能長得這麼漂亮！」

志勳的母親一見到瑪莉立刻送上一個擁抱，宛如阿姨見到多年未見的姪女般熱情歡迎。瑪莉當下有些錯愕，表情僵硬，但她並不排斥那份帶著溫暖食物味的懷抱。志勳一邊傻笑，一邊向父母介紹瑪莉。

「媽，這就是我之前跟您說過的瑪莉，雖然她最習慣用德語交談，但她也會一些韓語，從幼兒園開始就學習韓文了。」

「能持續學習韓文不容易呢，你太厲害了，果然還是韓國人。」

志勳的父親身穿熨燙平整的西裝迎接兩人。瑪莉小心翼翼地牽起志勳爸爸伸出的手，對於伯父柔軟滑嫩的手感到有些意外。

自此之後，瑪莉和志勳的家人一同吃了六次聖誕大餐，志勳以為，第七次的聖誕節理所當然也會和瑪莉一起度過，然而，就在第七次平安夜那天，他再也聯繫不上瑪莉。志勳心想，瑪莉應該是有其他事情，說不定很快就會有消息，痴痴地等待。就這樣過了十年，瑪莉始終沒有出現，像是鐵了心要

© BANZISU

PLACE
STAMP
HERE

TO:

新經典文化 出版社

100003 台北市中正區重慶南路一段57號11樓之4
02-23311830

FROM:

(姓名) (電話)

(E-mail)

斬斷兩人之間的連結似的，徹底人間蒸發，消失得無影無蹤。其實瑪莉隨時都能主動與志動聯繫，她卻沒選擇這麼做。

後來志動上了萊比錫大學，取得心理學學士學位。他原以為只要上了大學就能找到瑪莉，努力尋找與瑪莉有關的蛛絲馬跡，卻連個影子都沒找著。瑪莉沒朋友、沒用社群平臺，也沒有拍攝高中畢業照。當然，聯絡方式或居住地址也都是設定為不公開。不過志動依舊沒有放棄，他的心不允許他放棄，和瑪莉在一起的時候，他以為他們只是純友誼，當兩人分開之後，他才發現自己的身體彷彿有一部分脫離了，思念不時來敲門，記憶則像楓葉染紅般變得鮮明。對於志動來說，他愈來愈肯定瑪莉在他心中早已是超乎友情的存在。

此外，瑪莉只要見到陌生人就會戴上一張面具、隱藏真實面貌的模樣也在志動腦海愈發清晰，小時候他沒有對此多想，但是等年紀稍長後再來回想這些畫面，就會發現瑪莉似乎對於戴上面具的自己更感舒適。志動對於自己當時隱約察覺到瑪莉有這樣的習慣時，沒能直接詢問或督促她而感到有些懊悔，雖然瑪莉身上充滿著複雜、精算、難以理解的部分，志動卻清楚明白瑪莉的真面目——她只是個膽子小、獨自一人時會偷偷哭泣、渴望變得平凡的女孩……

然後，就在今天，在這夕陽西下的昭陽里小書廚房庭院裡，瑪莉站在了志勳面前，跨越十年的鴻溝，在他面前目不轉睛地盯著他看。志勳知道瑪莉是只要下定決心就能像海市蜃樓一樣徹底消失的人，他感受著心臟某處像是被用力按壓似的悶痛感，將世璘介紹給瑪莉。

「這邊是世璘姊，插畫界的明日之星！」

「這人在介紹別人時好像有誇大的習慣，哈哈，聽說你們在德國的時候是好朋友？」

「喔，嗯，我是……」瑪莉反射性地嚥了一口口水，繼續說：「瑪莉。」

瑪莉假裝韓語不流利，思考著如何擺脫眼下局面，雖然難以明確說明，但是眼前這名和自己一起度過童年、一身西裝筆挺的志勳，和笑起來瞇瞇眼、甜美可人的女子都讓她感到有些負擔，也許是感覺不宜說謊的那種心理負擔。

「瑪莉，這個名字好美，好適合你。啊，對了……」

世璘一副突然想起什麼似的開起話題。雖然她是用冷靜沉穩的語氣說話，卻仍難掩興奮。

「今晚七點會有深夜書店活動，一些小型社區書店輪流營業至晚上十一點，進行讀書會。今天剛好是活動日，宴客活動預計七點結束，所以深夜書店會照常舉行，我們老闆會主持這場活動。您既然都來了，要不要順便參加一下再走？」

世璘把介紹手冊遞給瑪莉。志動對瑪莉露出一抹微笑，點頭示意她答應。瑪莉完全沒有察覺世璘和志動之間暗藏深意的眼神交換，因為她正在閱讀介紹手冊上的標題——「仲夏夜的讀書會」。

八月選書：迪莉婭．歐文斯（Delia Owens）的《沼澤女孩》[11]

試著透過被遺棄在濕地的人生，

11 原文書名：*Where the Crawdads Sing*，馬可孛羅，二〇二〇。

傾聽寂寞與孤獨之聲。

瑪莉絲毫不想去想像一名被遺棄的少女。她的視線離開手冊，保持一貫高冷的表情，從容不迫地回答：「嗯，我還是喝一杯拿鐵就……」

「一起去看看吧，瑪莉。」志勳直接打斷了瑪莉的話，嗓音中彷彿帶著某種決心。瑪莉反射地看了看站在一旁的志勳，兩人四目相交。

志勳的眼眸呈現如明鏡湖水般的世界，那是一片有暖月映照的靜謐湖水，一隻小象在湖邊安心飲水，四周鴉雀無聲，吹著徐徐微風，感覺在此處的太陽不一定要耀眼。反之，瑪莉的眼眸裡則棲宿著一團混亂的世界，有雲霄飛車呼嘯而過，也有未經整理的一些記憶碎片懸浮在空中，支離破碎的房子像是馬上就要倒塌般岌岌可危。

志勳靜靜看著瑪莉。

「瑪莉，沒關係，沒事的。」

志勳用眼神訴說，因為內心感受太過深奧又複雜，要用不完整的語言來表達著實困難。瑪莉其實害怕面對志勳透明清澈的眼神，感覺被那樣的目光投射後，自己也會變得赤裸清晰，一覽無遺。瑪莉依然在祕密的沼澤裡徘徊，她不能把智動一起拉進這片爬不出去的泥沼。瑪莉一言不發盯著志勳的雙眼，然而，最終就連想要攥緊手的力氣都逐漸流失。

＊＊＊

小書咖啡廳的會議室裡正在進行朗讀會，鋼琴演奏曲像背景音樂播放著，六、七人圍繞著長長的原木桌比鄰而坐，其中一人坐在投影機前大聲朗讀：

冬天遵循南方的慣例輕緩就位。如同毯子般溫暖的太陽包裹住奇雅的肩膀，誘引她更為深入濕地。有時她會在夜晚聽見不熟悉的聲響，也會因為閃電打得太近嚇得跳起來，但無論她如何跌跌撞撞，大地總會接住她。終於到了最後，在不知不覺間，心痛的感受如同水被沙土吸收進去，雖然會痛，但卻痛在極深的所在。奇雅用手覆蓋住了這片規律吐納的潮濕土壤：濕地成為了她的母親。

書裡的文句幻化成聲音，在空間裡傳開。原本印刷在紙張上的文字，透過某人的嗓音，像個剛誕生的小動物走入了現實世界。不知不覺間，小小的會議室變成了奇雅的濕地。外頭的蟬鳴聲像葉子被風吹拂的摩擦聲，聽起來遙遠蒼茫，玻璃窗外也有幾隻螢火蟲像迷失方向的流星一樣四處遊蕩。

帶領讀書會活動的柳真開口說：「我們每個人都可以從《沼澤女孩》裡的奇雅身上發現許多與自己的相似之處。奇雅五歲時，母親絕望離家，沒有力量足以抗衡爸爸家暴的兄姊也紛紛逃離了這個家，最終，就連長期酗酒的爸爸也走了，徒留奇雅一人在充滿濕地與泥沼的大自然中。」

瑪莉有一種彷彿被人看穿的感覺，過去想方設法隱藏的祕密被大白天灑落的豔陽照射融化。原本牢牢附著在臉上、猶如皮膚般的面具正悄悄消失，瑪莉不由自主地開始想像起奇雅水光的瞳孔。

柳真接著說：「當世界在對奇雅產出各種造謠時，奇雅與孤單為伍，把濕地與沼澤提供的安慰化作成長的力量。自從被奇雅神祕美貌所吸引的柴斯，以及奇雅兒時唯一的朋友泰特出現在她的生命當中以後，奇雅的人生便開始產生急流般的改變。我認為，這是一本作者藉由奇雅的孤軍奮鬥和至高無上的純真戀愛，讓讀者反思人生當中的孤單是什麼、以及愛的意義是什麼的作品。」

志勳在兩年前初次閱讀《沼澤女孩》時想起了瑪莉，當時瑪莉還未再次重返志勳的人生，志勳想像著在同一片天空下的瑪莉，並且暗自祈禱這本書可以被瑪莉看見。

志勳知道，瑪莉在故事中遼闊的濕地裡將獲得放鬆，和在咖啡廳或紅酒吧裡與人談笑風生幾小時是截然不同的安慰；他也知道，奇雅會默默坐在瑪莉身旁，靜靜地陪她一同欣賞日落，當濕地夕陽西下，天空被染得一片通紅時，她也會與瑪莉共度孤單寂寞的時光；他還知道，等瑪莉遇見這本書，就會多一個可以掏心掏肺的朋友——奇雅，她可以放心地對奇雅訴說一切……

上半場活動結束後，讀書會成員一邊低聲閒聊一邊準備下午茶，志勳表示自己要去一趟洗手間而起身。瑪莉把手伸向放在桌上的《沼澤女孩》，翻開第一頁開始閱讀。那是一本從開頭就充滿吸引力的書。

這時，志勳的嗓音從她身後傳來：「準備好了嗎？」

瑪莉嚇了一跳，回頭望向志勳，「什麼……？」

志勳舉起手上拿著的一罐防蚊噴霧回答：「仲夏夜的散步。」

「現在？你沒看到我穿著高跟鞋嗎？」

志勳看著一臉覺得荒謬的瑪莉，忍不住噗嗤一笑，因為他可以從瑪莉的眼神裡窺見她像個孩子一樣滿心期待的雀躍之情。

志勳走進位於昭陽里小書廚房後方的一條小徑，這條小徑可以通往後院，潮濕悶熱的夏夜空氣像尚未升空的熱氣球滯留在周遭。沒有路燈，但周圍在月光的照射下十分明亮，森林小徑上的人也不少。有時會聽見類似尖叫的聲響從遠處傳來，孩子們的笑聲不絕於耳。那裡有螢火蟲，炎炎夏夜，看起來年約七、八歲的孩子一邊喧嘩一邊跑跳，忙著追捕螢火蟲。雖然天氣悶熱，但是森林裡的涼爽微風好似雙手托著螢火蟲般溫柔地吹拂。

「早知道就去換一雙運動鞋了。」

瑪莉抱怨著高跟鞋不方便，志勳暗自偷笑，默默卸下後背包，從包包裡取出了一雙運動鞋。

「我早料到你會想穿運動鞋。」

「你什麼時候準……這是？」

「生日禮物。你穿歐規尺寸的三十六號半，對吧？」

「嗯……」

志勳一副隨口說說的口吻，把運動鞋放到了瑪莉腳前。瑪莉猶豫了一會兒，把腳踩進運動鞋裡，對志勳說：「你知道嗎？在韓國有一說，如果送鞋給對方，對方就會逃走。」

瞬間，志勳正臉面向瑪莉，瑪莉似乎明白志勳的表情在說什麼，內心抽動了一下。

「搞消失本來就是你的專長啊。」

志勳開玩笑似的擠出一抹微笑，內心卻有著多年未解的疙瘩。瑪莉頓時不知道該說什麼，只能靜靜地杵在原地。志勳一手扶瑪莉起身，一手指向下方說：

「就在那下面，再走五分鐘就會到有濕地的平地。」

兩人轉進稍微偏離小徑的一條林間小路，那裡有著一片小濕地，幾對戀人牽著手在欣賞風景。周遭充滿蟲鳴蛙叫聲，再加上蟬聲唧唧，有些刺耳。從濕地吹來的風不僅微涼，還有些寒冷。雖然山上的蚊子老是在耳邊嗡嗡作響，赤腳穿著運動鞋使得腳底板不停摩擦，但瑪莉還是很開心。她對於自己身處炎炎夏日的韓國、在滿是螢火蟲的森林裡和志勳在一起感到不可思議。不過，下一秒鐘，瑪莉的腦海裡也閃過一個念頭，初來此地的志勳為什麼會對地理環境如此瞭若指掌？

「就是這裡，到了！」

「哇……這些是什麼？」

「是啊，這些都是什麼呢？」

志勳溫柔地笑了。那裡鋪著紅色格紋的野餐墊，野餐籃裡放著小點心和香檳。籃子前放著一張螢火蟲穿梭在樹林裡的插畫明信片，上頭以手寫字呈現著「致　志勳＆瑪莉」的字樣。

「剛才介紹給你認識的世璘姊告訴我這裡是賞螢火蟲的絕佳地點，叫我帶你來這裡就會看見驚喜，原來是這樣，哈哈！」

數十隻螢火蟲成群結隊地飛呀飛，飛過一處小水灘，不停來回穿梭，看起來就像在傳遞某種暗號。瑪莉喝著香檳酒，視線仍不離這些螢火蟲。

「這裡真的好美喔！彷彿來到某顆星球，不像在地球。」

「聽說這裡本來不是螢火蟲的棲息地，是昭陽里小書廚房將牠們從茂朱[12]那邊帶來的。」

「是喔？看來這裡是充滿用心與誠意的空間。」瑪莉有些尷尬，環顧著四周說。

志動露出他特有的溫柔微笑點頭附和，「只要沿著我們剛才走下來的林間小路再繼續走上去，就能通往一座湖喔！聽說那以前是村民們常走的路，但是隨著下面的村子興建了一條寬敞的公路後，那條小路就不再被人需要了，所以昭陽里小書廚房才會特地安排螢火蟲活動，讓大家知道這裡是多麼美麗的地方。」

12 韓國地名，位於全羅北道，每年定期舉行螢火蟲節。

瑪莉聽完志勳的說明後，露出一抹淺淺微笑並點點頭，「原來如此。不再被人需要的小路……」

志勳從裝了小點心的野餐籃裡取出蛋塔，一口咬下，接著繼續一邊賞螢火蟲一邊說：「據說螢火蟲在一年中只有短短兩個星期會發光，也就是只有十四個夜晚會發光，之後就會從宇宙上消失。這彷彿是在提醒我，人生中可以掏心掏肺、侃侃而談的機會少之又少……都不曉得我們這輩子說真心話的夜晚，有沒有十四個？」

瑪莉逐漸收起臉上的笑容。志勳回頭看著瑪莉的臉龐，瑪莉卻像在躲避眼神似的喝一口香檳，沉默不語，可以看見瑪莉的臉頰稍微變得僵硬。志勳放下手中的蛋塔，挺起腰桿道：

「去年三月，我看見你坐在學生餐廳前的長椅上時……我理所當然以為那只是一名長得很像你的人，所以直接從你面前經過。不過身體還是先有了反應，後腦勺有點發麻，而且在不知不覺間我已經停下了腳步。然後我回頭發現，你正目不轉睛地盯著我看。居然是十年後突然出現在我眼前……而且還是以心理學系研究室同事的身分。這該怎麼說呢，還真像你的作風。」

志勳想起了一年前的那天——十年後與瑪莉久別重逢的那天——時間再次出現振顫的那個夏日午後。志勳當時看著瑪莉，默不作聲，彷彿這樣就能找出時間的痕跡似的。然而，志勳什麼都沒問，他從瑪莉的眼神裡感知不到任何訊息，瑪莉身邊的高牆變得更加龐大、尖銳。

瑪莉率先打破沉默，用一副一直都有保持聯絡的口吻主動向志勳搭話，解釋自己是在美國攻讀社會心理學碩士，後來以交換學生的身分來到韓國，已經一年。然而，不久後瑪莉一定又會消失無蹤，彷彿從未出現過一樣，猶如仲夏夜之夢。

螢火蟲飛得匆忙，森林裡吹來的風彷彿在輕撫髮絲。志勳歎了一口氣，說：「其實，我早就知道今天的讀書會主題是《沼澤女孩》，我一直都很希望你可以遇見這本書，因為在我第一次閱讀這本書時，腦海中最先浮現的人就是你。」

瑪莉嚥了一口口水，看起來欲言又止，想說些什麼卻又說不出口，她可以感受到志勳似乎已經下定決心。志勳雖然是名像熱吐司般溫柔的男子，但是只要心意已決，就會變成一名手持刀劍的鬥士，比誰都更堅定勇敢。志勳的聲音繼續傳來：

「當時還未和你重逢，我就只是心想，你應該也在某片天空下活得好好的吧，要是這本書可以去找你該有多好。」

沁涼的香檳以淡黃色的姿態不停閃爍，小小的氣泡一個接著一個漂浮到上方。志勳喝了一口香檳酒，望向沼澤地後方的山稜，山稜線上的夜空呈現藍紫色調。

「……我知道，你在遼闊的沼澤裡才會感到舒適安心，絕對和你去咖啡廳或紅酒吧與別人談笑風生所得到的安慰截然不同。我也知道，當太陽坐落在沼澤地，四周全被染得通紅，孤單又寂寞的時間降臨時，奇雅也會與你相伴，所以我……我希望你……」

瑪莉見志勳吞吞吐吐，便將雙腿收起，以雙手環抱說：「我反而覺得有在故事裡見到你……」

志勳轉頭望向瑪莉。瑪莉心想：「我的嗓音怎麼會顫抖得這麼厲害？」這應該是她生平第一次如此緊張。瑪莉好不容易將躁動的心安撫下來，繼續緩緩說道：「《梅岡城故事》、《清秀佳人》、《小王子》，我們一起讀過的這些書，你還記得嗎？」

瑪莉想起這些書裡的句子，也想起自己在翻閱這些從圖書館裡借來的書籍時，翻動老舊書頁的觸感。

志勳點點頭，「當然記得，也記得你把柳橙汁不小心灑在《小王子》上。」

「哈哈，對，好像是灑在充滿猴麵包樹的小王子星球那個段落？」

「嗯……好像是灑在和玫瑰花對話的部分。然後在做《清秀佳人》的讀書心得報告時，你還記得嗎？我們說好一人負責讀一半，然後再把各自讀的內容告訴對方。」

「因為紅髮安妮實在話太多，內容不是普通的長。」

「是啊，她只要一開口，通常都會占據一大段。」

瑪莉看著面帶笑容的志勳，又在心裡暗自補了一句：「其實我也有很多話想對你說，想把一切都告訴你……」

瑪莉再倒了一杯香檳酒，繼續說：「每次只要閱讀《梅岡城故事》，我就會想起在你家吃飯的回憶。那好像是聖誕假期前要交的作業。」

瑪莉回憶起十年前的自己，不免有些感傷。

「志勳，其實……我可能一直都和你在一起，雖然不能面對面說話，但是只要再次閱讀和你一起讀過的那些故事，就會覺得你一直都在。我也記得我們一起閱讀時的天氣、心情，甚至是那天喝的飲料，統統都記得一清二楚。」

瑪莉繼續把視線停留在志勳送給她的運動鞋上，說：「我只想告訴你，過去這十年來，也就是我們沒有見面的這段期間，你也一直是我的朋友。」

瑪莉這番話一直在志勳的腦海裡重複播放，他反覆咀嚼著「兩人一直是朋友」這句話……滿臉疑惑地望著瑪莉，「但我們還是可以繼續見面啊，還是說……我做錯了什麼嗎？」

「怎麼可能……沒有啦，你自己也知道沒有。」瑪莉連忙澄清，然後歎了一口氣，接著說：「我就只是……發現自己在你面前永遠無法若無其事，因為我不能把想像中的可愛母親和溫暖父親介紹給你，也不可能把自己包裝成對婚姻、家庭、小孩懷有憧憬的那種純真女孩，所以在你面前，我不能把心中理想的樣子套用成自己真實的樣子，對此深信不疑甚至滿口謊言……」

志勳認為瑪莉很像《小王子》裡的玫瑰花，永遠想要顯得完美無瑕、高貴典雅，渴望自己是世上獨一無二的存在。但是與此同時，也希望過著比任何人都還要樸實無華、平凡無奇的人生，殷切渴望得到小王子的呵護……

志勳默默把手放到瑪莉的肩膀上，「瑪莉，我們每個人或多或少都會說謊，有時是為了保護自己，有時是為了保護別人，或者偶爾只是純粹想要擺脫現實世界。」

瑪莉緩緩望向志勳。她這才意識到原來自己渾身發抖，嘴唇也在不自覺顫抖，腦海也像是被人潑了鮮乳般一片空白。

「志勳……」

瑪莉雖然想說些什麼，卻欲言又止。螢火蟲不停閃爍著神祕的綠光。

志勳的眼睛沒有離開過瑪莉的臉龐，繼續說：「其實我之前耳聞過一些關於你的傳言，可是你對我隻字未提，我心想，應該是你還不想對我說，所以決定不去理會那些傳言，選擇靜靜等待，直到你願意主動告訴我為止，等到你想說的時候、用你想說的方式告訴我。但是你好像到最後都沒有打算要對我說。」

志勳想起了那個在萊比錫無比心痛的夏夜。

＊＊＊

「啊，對了，我有見到瑪莉！在波士頓大學校裡的餐廳遇見的，大概三個月前的事了。」

那天晚上，志勳瞬間覺得心涼了一大截，那是失去瑪莉消息第五年的夏天，和國際學校的老同學們晚餐時。同學一邊喝著啤酒一邊閒聊大家的近況，其中一名叫傑森的同學剛從美國交換學生回來，偶然提到瑪莉的消息。

「真的嗎？瑪莉過得怎樣？」

「她好像結婚了，啊，這不是她說的，只是我發現她手上戴著一枚閃亮婚戒。那個鑽石，哇，真的是我至今看過最大顆的。不過她說她趕時間要去其他地方，我們就匆匆道別了，沒有聊到彼此的近況。」

接下來傑森繼續說了一些關於瑪莉的事情。

「結婚……」

志勳感覺自己像大白天走在街上，下顎被人猛地一記上勾拳。他從沒想過瑪莉會步入婚姻。志勳暫時將喧嘩吵鬧的聲音拋諸腦後，走出啤酒吧，到店外的露臺透透氣。

炎炎夏日，萊比錫的夜晚因石頭地板吸取了整日熱氣而依然保有溫熱的氣息，然而，志勳現在感受不到任何熱氣，他腦海閃過瑪莉的面孔，八歲那年在自然博物館裡見到的那名女孩，十一歲轉學時目不轉睛地盯著他看的同學，聖誕節一起聚餐、一起有說有笑的瑪莉。

自從那天晚上之後，志勳本想在萊比錫繼續攻讀碩士學位、毅然決然放棄，回到韓國入伍從軍。退伍後，志勳也沒有重回德國，他絲毫不期待在韓國會偶遇瑪莉，他只是需要一個全新的生活環境而已，找不到任何有關瑪莉痕跡的地方……

＊＊＊

瑪莉像蜷著身體的小動物，抱膝而坐。

志勳接著說：「至少今天，我想要對你坦白，因為回想過去，我發現自己好像也有一些沒有對你坦白的部分。畢竟之後能見你的時間可能只剩下短短兩週，我想要如實地向你傳達我的心意。」

志勳雖然故作鎮定，但是瑪莉比誰都還要清楚眼前的人正在緊張顫抖。

「瑪莉，我很疼惜你，想要守護你的一切，以及有著許多祕密的你。這是我一直很想對你說的話，至少趁你再次消失之前。」

某種心情正在蠢蠢欲動，宛如長年沉入海底的木箱正往海面緩緩浮起，拖船開始將木箱載進貨櫃裡一般。

志勳從後背包裡掏出一只裝得下一枚戒指大小的盒子。瑪莉全身僵硬，像顆石頭一動不動，什麼話也說不出口。志勳打開了小盒子，裡面有一隻黃色蝴蝶標本，被收藏在玻璃盒裡。

「八歲那年，柏林自然博物館，一樓大廳，你還記得嗎？當時是我初次遇見你，你目不轉睛地盯著我和我爸媽看，使我也不得不回頭看你。後來暫時把你的目光拋在腦後，走進了蝴蝶標本室，但我的腦海裡全是你的眼神，空虛又寂寞，和展示中的華麗蝴蝶標本十分相像。後來只要看到動物標本我就會想起你，覺得你就像被困在巨大堅實高塔裡的孩子。雖然不曉得你究竟是被什麼東西困住，也不曉得究竟是什麼東西使你厭惡自己，但是，或許是時候放你出來了……」

「志勳，我……」

斗大的眼淚頓時奪眶而出，瑪莉看著蝴蝶標本好一會兒，接著用雙手摀住臉，開始哭泣。在瑪莉的記憶中，這是她頭一次在別人面前放聲痛哭。

志勳緩緩靠近瑪莉，給予安慰的擁抱，像是暫時把自己的肩膀借給厭倦了生活的朋友一樣，也好比伸手攙扶通過一段天搖地晃時期的人那般。瑪莉就像整夜飛越茫茫大海、被凌晨雲朵浸濕翅膀的小鳥般嬌小脆弱；志勳則像母親在安撫稚嫩的孩子輕拍瑪莉的背。在輕拍的手勢裡，隱藏著志勳的心意。

「瑪莉啊，沒事，沒事，沒事了……」

過了好長一段時間，兩人才再次踏上那條草蟲和蟬在合鳴的林間小路。舒爽的森林芳香夾雜在潮濕悶熱的夜風中，螢火蟲安靜地成群飛舞，宛如蝴蝶在一片幽暗森林裡起舞。兩人感覺置身夢境，也像曾經來過。志勳和瑪莉不言不語地並肩走著，然後又同時停下了腳步。他們看見這條小徑的末端亮著溫暖的燈光。

瑪莉終於打破沉默，她那雙被眼淚浸濕的睫毛微微顫抖。

「志勳……首先，我一直都很想對你說聲抱歉，沒想到竟然時隔十年才有機會說。我想，你應該也知道，我是個戒心很重的人，用複雜的謊言成功騙取別人信任的時候甚至會替自己感到驕傲，還以此為動力撐到了今天……現在的我，已經不清楚自己真正的樣子是什麼了，因為我把世人認為不錯的那些條件加諸在自己身上，用半真半假的模樣活到了今天。」

志勳本想回話，卻把話又吞了回去。

瑪莉繼續說：「不過，至少在你面前我講不出謊話，不，應該說是不想對你說謊。只要面對你，我就會對於謊話連篇的自己感到極度厭惡。這十年來，雖然有好幾次機會可以聯絡你，我卻沒那麼做，因為擔心萬一我的真相被你知道，連你也會不要我。也可能是因為我不想把你拉進我的人生中，畢竟是個亂七八糟的人生……雖然這些話聽在你耳裡可能像藉口……」

瑪莉的睫毛在顫抖，她絕對在強忍淚水。

「你知道雷普利症候群（Ripley's Syndrome）吧？」瑪莉沒有要等志勳回答，說話速度逐漸加快，「沒錯，我會在虛構的世界裡幻想自己的模樣，並且深信那就是真實，那就是我，一點也不覺得是在說謊，也不明白把自己描述成自己一心想成為的樣子有什麼錯，我認真相信那就是我。然而，就在兩年前，發生了一起複雜的事件……最終，我被醫生診斷出患有雷普利症候群。一開始我極力否認，因為我深信這個自創的世界真實存在，一直到我承認自己的確在說謊，著實花了一段漫長的時間。其實我到現在還在定期接受治療與諮商……就是……那個……」

志勳對著瑪莉緩緩點頭，彷彿是在輕輕地對她說：「沒關係。」志勳沒有再追問下去，只是緊緊握住瑪莉那雙不停發抖的手。志勳當初是抱著想要了解瑪莉的心理而選擇攻讀心理學，現在的他不禁想，說不定瑪莉當時也是好奇自己究竟為什麼會有這樣的心理而選擇讀心理學。

志勳和瑪莉握緊手，走到林間小路的出口處。昭陽里小書廚房依舊燈火通明地靜立在原地。

＊＊＊

「他們如何了？」時禹拿著裝垃圾的塑膠袋向世璘打探道。

世璘坐在小書咖啡廳裡，望著志勳和瑪莉迎面走來，兩人不停閒聊，腳步緩慢。也許是因為窗戶敞開的緣故，山上的風涼爽地包圍整間咖啡廳。

世璘一邊目不轉睛地盯著兩人看，一邊回答：「不知道，他們才剛回來。」

世璘想要觀察兩人的表情，卻因為有段距離而難以確認，不過，從走路的姿態來看，兩人沒有特別興奮，也沒有尷尬到冰點。

時禹歎了一口氣，「他叫什麼來著？志勳？這人真了不起，對吧？」

「可不是嗎……」

世璘暗自回想，南于是否也有某些地方跟志勳相像？

「他為了找來螢火蟲，特地跑去江原道、全羅道茂朱……感覺費了很大一番功夫。」時禹一邊將垃圾袋封口，一邊注視著已經來到前方的志勳和瑪莉，繼續說：「不過那位女生知道嗎？志勳為了讓她看螢火蟲而跑遍全國一個多月，到處拜託才好不容易把這些螢火蟲帶來這裡。」

「就算她不知道，那小子應該也不是會特別張揚的人，讀書會不也是嘛，一直說那本書一定要讓那女生看見，拜託我們深夜讀書會千萬不能改期，一定要在今天舉行，說什麼今晚有話要對那女生說。」

「遲早有一天，她也會知道嗎？自己是受到這般疼愛的存在。」

沒有人曉得他們創造的故事會走向美好還是悲傷結局，就如同誰都說不準奮力旋轉的陀螺逐漸失去平衡以後會倒向什麼方向。瑪莉和志勳之間會有怎樣的結果，目前還無從知曉。

轉眼間，降溫的夏日夜空依舊明月高掛，玻璃窗外則有螢火蟲勤勞地揮動著翅膀，彷彿在配合某種音樂旋律翩翩起舞。

第五章

# 十月第二個
# 星期五
# 早上六點

10월 둘째 주 금요일 오전 6 시

二十歲的閔秀赫，直至那時為止，人生一直都是站在他這邊的，不，應該說他一直這樣認為。他在延禧洞出生長大，一直到幼兒園時期，外公都將他視如己出，捧在手心百般疼愛，還會開著他的黑色進口車每天接送秀赫上下學。秀赫在私立幼兒園裡接受各式各樣的課程洗禮。

他的身高比同儕高出一顆頭，體型也很壯碩，什麼東西都吃，沒有特別挑食，不論走到哪裡都是老大，假如出生在朝鮮時代，絕對會是一名武士。由於他性格急躁，有時也會顯得狂妄自大，但基本上他只是喜歡與人相處、喜歡熱鬧而已。自從上了國小以後，他就一直住在龍山區二村洞，和國小、國中、高中同學待在一塊兒，就跟其他普通孩子沒兩樣地吃著泡麵、用炸冬粉海苔捲來沾辣炒年糕醬吃。

原本感覺平凡無奇的學生生活，但是長大後驀然回首，才發現同學們的家世背景都不同凡響，大部分的家長都是在政界、財團、金融界有頭有臉的人物，他們沒有盲信於課外補習，比起學業上的成就，整體氛圍更傾向重視孩子的人生幸福與適性，不會整天都讓孩子待在補習班裡。

秀赫認為這樣的人生還過得去，長成了活潑開朗的性格，每次見到鬱鬱寡歡、內向無助的朋友，都難以理解為什麼要活得如此愁眉苦臉，而遇到苦惱生死哲學問題的朋友，還會擔心對方會走上絕路而忙於勸導。他的戀愛也總是輕而易舉，有著白皙肌膚和傑出運動神經的他，不乏女性主動告白。他帶著好奇與期待參半的心情開始談戀愛，人生有如一間華麗的百貨公司，充斥著發光的東西，往往只要伸手就能輕易取得想要之物。

後來秀赫考了不錯的成績，順利進入位於首爾的大學就讀，但是他心知肚明，父親對於這樣的他不是很滿意。

秀赫在這世上唯一害怕的人就是父親。父親和母親當年是戀愛結婚，母親的家庭在那個年代是數一數二的大集團。由於母親的父母並不要求像韓劇裡那樣的策略聯姻，所以同意母親嫁給父親，但前提是父親要承接企業。秀赫的父親是學聲樂出身，夢想成為一名男高音聲樂家，但是在八〇年代的韓國，以聲樂家身分養家糊口極其困難，正因為父親也並非不能理解岳父的意思，所以自然地走上了專業經理人之路。

父親意外地具備企業家特質，懂得分辨有商機的計畫與純粹只是來敲詐的提案，也盡可能避免出席財閥二代經營者的聚餐活動，或者韓國經濟發展方案研討會等這些看似有模有樣的聚會場合和研討會。除此之外，父親還會要求公司財務指標要以週為單位仔細檢討，數字果然不會說謊，損益原因都如實反映。面對人事調整也十分果決，父親身為集團首長，若須採取必要措施，往往都會當機立斷，不拖泥帶水，不為情所困。

這正是秀赫畏懼父親的原因。父親對於以愛或友情來維持關係感到嗤之以鼻，在他的字典裡，沒有什麼荒謬的情形要看在情分而選擇容忍。他堅守大位三十餘年，管理風格自然也滲透進子女的教育裡。對於秀赫來說，父親是如鋼鐵般堅硬的存在，就算朝他揮拳也毫髮無傷的那種強者。父親則擔心如此無憂無慮長大的大兒子，能否承受得了充滿艱辛與苦澀的人生颶風。他擔心兒子二十歲前一直都走在紅地毯上，萬一突然某天要走在雜草叢生的曠野上會無法做出明智的選擇。

只不過，秀赫父親也並沒有特別要求他或者對他嚴加苛責，只是父親那如堅固之城的人生不斷在向長男隱約拋出一些訊息：

你太軟弱了，社會是一場龐大的暴風雨，要是活得像顆熟透軟爛的桃子，要怎麼在這場浩劫中求生？還不快打起精神來！

雖然每次與父親見面的時間都很短暫且是形式上的，但秀赫都難以承受，總覺得父親一直在生他的氣，自己也彷彿早已被父親歸類為無法滿足期待的兒子。

反之，母親對秀赫來說則是如平靜大海般的存在，只要和母親在一起，就會有一種行走在水光瀲灩的海邊的感覺。他可以向母親傾訴所有事情。大一那年，他想要休學去紐約攻讀音樂劇，立志成為導演。母親不僅積極幫他打聽留學補習班，還陪他一起去紐約覓尋租屋處，甚至幫忙說服不甚滿意這項留學計畫的父親。母親給的生活費也從未少過，還開朗笑說：「你爸年輕時夢想成為聲樂家，兒子要成為音樂劇導演，不也滿帥的嗎？」當秀赫完成學業歸國後，父親便叫他回公司做事，畢竟音樂劇導演不是一朝一夕就能當成，希望他至少回來為公司效勞。好在當時母親出面強烈反對，否則秀赫很可能會糊里糊塗地接下這個工作。

秀赫的人生原本充斥著閃閃金光與甜甜水蜜桃香，之所以會開始碎裂成片，是自從他發現自己欠缺音樂劇導演天份的事實開始。他在紐約取得大學文憑後，寫劇本一年多，卻一次都沒能登上檯面。雖然他無從得知在公開徵選中被淘汰的原因，但他自己也心知肚明，他的劇本不擅於表達人生的痛苦、悲傷、挫折等，難以藉由故事內容使觀眾產生共鳴。

後來，一名友人拿著一份音樂劇投資提案書，跑來找正焦慮無助的秀赫，問他要不要一起投資將海外知名音樂劇的版權帶入韓國，並且讓秀赫親自執導。秀赫接獲這項提議後，認為是難得可以向父親證明自身實力的好機會，於是將外公留給他的一部分股份賣掉，用來投資這項計畫。然而，就在他投入資金的隔天，這位友人的電話號碼就從此變成了空號。

爾後，秀赫有點像是被半強迫到公司上班，妹妹則已經任職於父親公司五年多，隔年起預計接任組長一職。公司裡的事情枯燥煩悶，雖然沒有到繁忙或棘手（因為每個人都搶著幫秀赫做事，力求表現），但時間卻像沙粒不停流逝，有種整天被關在狹小空間裡的感覺。他每晚難以熟睡，沒來由地心跳加速、臉頰漲紅，症狀愈發嚴重，但仍不想尋求精神醫學科或專業諮商師的協助，總覺得這麼做有失自尊。所以每到週末，他就會前往人煙稀少的湖邊或海邊呆坐幾個小時再返家。

秀赫日復一日地苦撐，卻萬萬沒想到收到一則晴天霹靂的消息——母親離世。他母親曾與喉癌抗戰，那是在一次健康檢查時發現的，由於發現得早，有及早接受治療並痊癒，但後來持續追蹤做電腦斷層檢查時，又發現還有肺癌，而且早已進入第四期。雖然表面上看來和平時沒什麼差別，但就在母親被醫生宣判罹患肺癌後的三個月，她就離開了人世。和罹患失智症八年才逝世的外婆形成對比，秀赫完全沒有時間讓自己做心理準備並慢慢道別。

秀赫無法打起精神，難以理解這究竟是怎麼回事，人生為何要把他棄置在另一條截然不同的窄巷裡？過去的安穩與幸福為什麼要背叛他、離他遠去？他不得而知，也沒有多餘的體力與心力去思考究竟是從哪個環節開始出了錯。

＊＊＊

不知從何時起，秀赫開始會思考死亡這件事，雖然不會在凌晨喝醉酒以後打電話給朋友放聲大喊：「我好想死！」但就像浴缸裡的水一點一點盛滿似的，秀赫開始認真考慮尋死。他找不到活著的意義，人生的重量日益加重，等到再也難以承受之際，應該就會選擇撒手人寰，好比浴缸裡的水多到滿溢一樣。

時值十月第二週的星期五，秀赫沒有進公司，他覺得自己不被任何人理解，甚至就連自己也難以理解自己。他對鏡子裡的冰冷面孔感到有些陌生，早上六點便開車離家，車子的引擎聲和寬敞的空間感總能為他帶來些許安慰，也可能是因為兒時乘坐外公的黑色轎車，轟隆隆的引擎聲為他留下了溫暖的記憶所致。

由於是黎明破曉前，天空還泛著靛藍色，依舊靜靜沉睡。他沒有特別設定目的地，只有暗自盤算著，既然上週已經去看海，那麼今天就往山裡走好了，等開車開到一半覺得呼吸順暢了，再回公司上班也無妨。

於是，他突然想起幾天前在朋友的 Instagram 上看到的一幅畫，也想起照片底下的註解：這間美術館以紐約為主題展示美術作品與道具。這讓他瞬間憶起二十多歲時的紐約。秀赫在 Instagram 上搜尋，並將距離首爾一百四十七公里遠的水花津美術館設定為導航系統上的目的地。

前往美術館的途中，秀赫不斷想起盛夏紐約街道的熱氣，身穿熱褲、手拿薄荷巧克力口味的甜筒冰淇淋、面帶燦爛笑容走在雀兒喜大道上的希爾維亞，以及對凡事總是不甚滿意的亨國，和他在蘇豪區美術館前高談闊論哲學的樣子，宛如電影裡的一幕，記憶猶新。秀赫不自覺地嘴角上揚，然後意識到這應該是他自從六個月前母親離世後第一次發自內心的微笑。

美術館中午十二點才開放參觀，秀赫抵達時剛過早上八點，他先把車停在美術館，然後下車。環繞在美術館後方的竹林，在風的吹拂下發出宛如海浪沖刷的聲響。兩隻小花貓悄悄現身，悠悠哉哉地來回走動，然後消失在視野裡。時間像靜止前的狀態一樣緩慢走動，溫柔的清風撩過髮絲，寂靜像是熱烈歡迎似的緊貼秀赫的身體。

四下無人的竹林裡，時間一副平靜無事地原地搖擺晃動。秋日早晨的冰涼氣溫和溫暖陽光使人產生微妙的感覺。時間像是決定要暫時休息似的停下腳步，感覺周遭一切都靜止了。秀赫同時感受著喜悅與悲傷，喜悅來自於原來世界如此美麗、充滿陽光，悲傷則來自於難過與不捨，因為過去與母親共度的秋季，接下來只能做為回憶，在過去的時間裡無限展開。

秀赫突然熱淚盈眶，感覺眼淚隨時都會奪眶而出，後腦勺也一陣灼熱，在這距離首爾遙遠的、人煙稀少的竹林裡，暫時流幾滴淚好像也無妨，直到一直將內心向下拖的硬邦邦的悲傷變得柔軟為止。

秀赫重回車上，戴上太陽眼鏡，點開在紐約經常聽的一首歌。他原以為自己會痛哭一場，沒想到坐在駕駛座上聽著引擎聲，內心反而平緩許多，他突然感覺得自己非常需要一杯熱美式。

＊＊＊

時禹拜託亨俊把早餐備妥後，走向美術館後方餵食流浪貓。時間尚早，他自然以為四下無人，結果竟在美術館停車場裡撞見一名男子走下車，四周張望了一下後開始到處走動。

時禹第一眼注意到的是男子的手錶，相當閃耀，和看似隨性套上的休閒襯衫、棉褲不太相搭。錶面上有兩個圓，像齒輪一樣轉動著，手錶外圍則有小碎鑽圍成一圈。適度曬到黝黑的臉部和光滑柔順的肌膚教人難以估測他的年齡，身高目測至少超過一百八十公分，感覺有在定期運動健身，肩膀寬而厚實，腰背也直挺挺的。

男子和時禹四目相交，一時間似乎感到錯愕，雖然深褐色的墨鏡充分遮擋了眼角，但就像學期剛開始時走錯班級教室的國中生一樣面露尷尬。一大清早，戴著大墨鏡和閃耀手錶的男子，站在一片竹林前的美術館空地，明明天才剛亮一小時左右。

「那個……請問這附近有吃飯的地方嗎？」男子摘下墨鏡，和時禹保持適當距離，吞吞吐吐地問。

「現在這附近應該沒有店家開門喔！通常都要超過十一點才會開門。」時禹答道，同時暗自心想：「這人難道是藝術品收藏家？」

轉眼間，一隻小橘貓走了出來，像是在向時禹討飯似的呼嚕呼嚕撒嬌。應該是難以抗拒飼料的味道，另一隻灰貓在遠處默默投以欣羨的目光。

「原來如此。了解，謝謝。」

男子說完隨即轉身，卻被時禹突然叫住：

「您要是不介意簡單吃一頓家常飯，要不要來我們的別墅一起用餐？我是那裡的工作夥伴，多幫您加一副餐具不難。」

秀赫轉過身，眼前是一名有著溫順眼型的男子正對他面露親切微笑。雖然秀赫奉行「世上值得信賴的人只有自己」的信念生活至今，但眼前這名拿著貓食餵流浪貓的男子，著實看起來不怎麼像是會殺人或敲詐的人。更何況，家常飯這個詞不知為何打動了秀赫內心的某個角落，小時候一打開門就會聞到的米飯香、滷牛肉、煎蛋捲、大醬湯的味道，如微風般輕拂鼻尖，而在這股香氣中，總是焦急忙碌的母親側臉，則像一張靜止不動的照片烙印在秀赫腦海。他突然感到一陣飢餓。

＊＊＊

昭陽里小書廚房的員工專用層位於小書咖啡廳二樓。桌上的菜色比秀赫預期的還要好，加了花蛤和淡菜的大醬湯似乎有添加少許辣椒粉，湯頭喝起來帶有一點辛辣味，十分香濃；清脆的大白菜和混雜著各種材料的包飯醬，應該是用只有鄉下才找得到的傳統大醬調製而成的。馬鮫魚烤得焦黃酥脆，表面還有些浮油冒泡，加了紅蘿蔔和花椰菜末的煎蛋捲旁擺著辣蘿蔔泡菜和蘿蔔葉泡菜。

昭陽里小書廚房老闆柳真、工作夥伴時禹都沒有對秀赫感到好奇或者對他提問，一開始甚至連秀赫叫什麼名字都沒有問。秀赫似乎不太好意思，微笑簡單打過招呼後，便與不太會感到尷尬的兩人面對而坐。

從兩人身後的落地窗望去，可以看見由凹凸起伏的山腳所勾勒出的秀麗風景，宛如一幅洋溢著和煦陽光的秋日風光。好天氣有風在吹的時候，樹葉會像慢動作一樣飄動，能夠清楚看見幾片葉子緩緩落下。紅通通的山腳風景與這裡的白色原木風家具十分相配，整齊簡約。

秀赫感覺自己吃了比平日多一倍的份量，不僅吃掉兩碗白飯，還把剩餘的小菜和湯統統吃得一乾二淨。

柳真表示自己要確認當天進貨的書單和準備下午即將進行的活動，先行離開，去樓下的小書咖啡廳工作。時禹面帶特有的憨笑表情，熱情地邀請秀赫到小書咖啡廳喝杯咖啡再走，並隨即跟著柳真下樓。

「那個……碗就由我來洗吧。」

「不用啦，之後再一起洗就好。」

「可是……我還是覺得要幫你們洗個碗，不然心裡很過意不去。」

「那……好吧。」

秀赫點開電影《曼哈頓戀習曲》的主題曲〈Lost Stars〉，開始洗碗。他一邊哼著熟悉的旋律，一邊將洗淨的碗盤層層堆疊。洗碗是秀赫的興趣之一，他很享受沾著泡菜汁的盤子、黏著米粒的飯碗和只剩下殘渣的湯碗統統被放進熱水裡洗乾淨，再被自然晾乾的過程，彷彿心中的汙漬和渾沌也被一一洗滌沖淨，腦中想法也變得輕盈，而且他很喜歡洗碗時可以不用思考任何事情，達到徹底的放空。

洗完碗後，他繼續聽著音樂播放軟體自動推薦的英語流行樂，坐到窗前的布沙發上，看著窗外風景發呆。他頭腦放空，沒做任何思考。在一片好似直接將藍色色紙剪下貼上的秋日天空中，飛機拖著一條長長的白色尾巴逐漸消失。

風兒從敞開的窗戶吹來，力道不小。樹枝隨風搖擺，像在跳舞，落葉則在空中肆意飄散。這風就像結束秋季運動會的訓練後，返家路上迎面而來幫忙吹乾滿頭大汗的涼風一樣，乾燥中又帶有一絲冬天的涼意，毫不悶熱，彷彿在通知秋天已至。季節再次交替，儘管站在人生的懸崖邊，時間依舊自顧自地走著；即使在不想被任何人察覺的情緒泥淖中掙扎，在永遠失去母親的殘忍世界裡，秋天依舊耀眼。

走進小書咖啡廳，映入眼簾的是挑高的天花板，濃醇的咖啡香和書香味交雜融合。時禹正在整理的紙箱後方還有好幾個裝滿書的紙箱，其他工作夥伴也正在忙著整理新進的期刊和庫存，確認筆記本和環保袋等商品的狀態。一旁的長方形窗戶——橫邊較長、豎邊較短，敞開得比視線看過去還矮一截，卻成了一幅直接將窗外風景納入畫框裡的天然畫作。

「那個……關於早餐，真的非常感謝各位的款待。我都不知道自己有多久沒吃到這麼好的一頓飯了。」

也許是察覺到秀赫的心情放鬆許多，柳真也跟著嘴角上揚，擺出愉悅的笑容。

「我們的工作夥伴當中有專門負責張羅早餐的，他的手藝完全是主廚等級，所以我也從未考慮過減肥這件事，哈哈！不過幸好有合您的口味，畢竟是鄉下早餐才會出現的菜色。我來幫您沖一杯咖啡吧，您可以隨意逛逛看看。」

柳真這段連珠炮式的回答讓秀赫不禁紅了臉，「啊，好的，謝謝。」

書櫃上的書沒有排得密密麻麻，但可以感受到經過精挑細選，只把真正喜歡的書籍篩選出來，依照主題用心陳列。在最引人注目的中央書櫃上，整齊擺放著幾本以「十月療癒故事」為主題的小說，左側是散文和詩集，右側則是一些用溫柔色彩描繪而成的故事繪本。中央書櫃前豎著一塊小小的綠色黑板，上頭寫有《清秀佳人》裡的句子：

「噢，瑪麗拉，世界上有十月真是太好了。如果從九月一下子跳到十一月，那就太糟糕了，是不是？看這些楓樹枝，難道不會讓你激動嗎？我要用它們來裝飾房間。」

秀赫想起了身為《清秀佳人》粉絲的妹妹。與他相差兩歲的妹妹屬於生性樂觀又懂得如實表達情感的人，她甚至將《清秀佳人》的動畫ＤＶＤ視如珍寶，在房間裡排成一列展示，還擔心會有灰塵堆積，整天忙著打理。國小時甚至因為想要收看一大早播放的《清秀佳人》卡通而每天差點上學遲到，經常和母親爭吵。

秀赫想起動畫片的主題曲，那首歌的旋律就像打開記憶房門的鑰匙，讓他重拾宛如夢境般清晰難忘的某個週末下午——妹妹用虔誠的姿勢正在收看《清秀佳人》ＤＶＤ，母親則坐在妹妹身旁，一邊喝著裝滿咖啡的馬克杯，一邊和妹妹一起專注地收看ＤＶＤ，兩人時而睜大眼睛，時而放聲大笑，反反覆覆。

於是，他想起了幾天前在公司裡短暫相遇的妹妹。妹妹外表看似和以前沒什麼不同，但是秀赫察覺到，妹妹比以前消瘦許多，原本神采奕奕的眼神也失去了光彩。雖然他暗想，要是當初和妹妹一起喝杯紅酒聊聊天會不會好一些？但是自從母親過世之後，他就沒和妹妹聯絡了。

秀赫盯著《清秀佳人》的書封看，那是他第一次意識到妹妹近來心情有多難過、孤單、寂寞，他好奇自己如果是安妮，會對妹妹說什麼。

他拿起那本精裝版的《清秀佳人》，開始輕輕翻閱，目光被安妮說的一段話深深吸引：

「當我從女王學院畢業時，未來像一條康莊大道展現在我面前，並一直伸展到遠方，路上有許多里程碑。可是現在我遇到了一段彎路，相信彎路自有迷人之處。我對彎路過後的風景充滿好奇，會不會有碧綠的柔光和變幻的光彩或者陰影？接下去會不會有山丘、峽谷、平原、森林……」

秀赫手拿這本書，繼續看起其他書籍。他已經很久沒逛書店了。《清秀佳人》旁邊擺著一本寫有手寫字跡的筆記本，上頭列舉了幾本適合一起閱讀的推薦書單，而這些書就擺在筆記本旁。

一同漫步在輕鬆愉快的文章當中吧！

#比想像中好笑　#自然會有好心情　#爽快愉快痛快　#療癒散文

#韓國作家　#最佳放空大腦讀物

——金婚妃，《多情小感》[13]
——金荷娜，《放鬆的技術》[14]
——尹家恩，《HoHoHo》[15]
——崔敏碩，《麻花的滋味》[16]
——崔敏碩，《麻花的酷帥》[17]
——張基河，《無所謂吧？》[18]

同時還寫著「凡購買三本以上，即可享有免費禮物紙包裝」的提醒小語。秀赫翻閱幾本書，先選定尹家恩的《HoHoHo》，因為封面插圖有一名賴在沙發上看漫畫的女孩很像妹妹，副書名「使我歡笑的那些事物」也很吸

13 原文書名：다정소감，無中譯本。
14 原文書名：힘 빼기의 기술，無中譯本。
15 原文書名：호호호，無中譯本。
16 原文書名：꽈배기의 맛，無中譯本。
17 原文書名：꽈배기의 멋，無中譯本。
18 原文書名：상관없는 거 아닌가？無中譯本。

引他。接著，秀赫還選了崔敏碩的《麻花的滋味》，因為光是目錄就引人發笑。最後再加上《清秀佳人》，一共三本，秀赫拿到櫃檯的柳真面前說：

「你們這間書店好漂亮，這幾本方便幫我用包裝紙打包嗎？」

「當然，沒問題。您要送人的嗎？」

「我打算送給我妹，因為她非常喜歡《清秀佳人》。」

「《清秀佳人》裡的紅髮安妮是只要讀過就很難不喜愛的角色，哈哈。」

柳真從秀赫手中接過書，熟練地開始包裝。

秀赫的視線盯著柳真的手說：「那個……關於早餐的費用……」

柳真面帶笑容，自然地打斷秀赫的發言說：「沒關係，那只是早上我們會幫小書文旅的住客準備的早餐，而且我們自己也要用餐，所以只是多加一副碗筷而已。您還幫我們洗碗，反而是我們要感謝您呢，嘿嘿。」

柳真彷彿突然想起某件事，連忙將裝著美式咖啡的外帶杯放到秀赫面前。濃醇的咖啡香在兩人之間緩緩飄散。

「趁我在幫您包裝的時候先喝杯咖啡吧！剛才沖好忘記拿給您。我最近真是很容易忘東忘西。」

秀赫對柳真面露微笑，用雙手將溫暖的杯子拿起說：「我剛好非常需要一杯咖啡，謝謝。」

柳真包裝完書籍後，從櫃檯旁取出一張明信片，一起交給秀赫。

「只送書給妹妹好像有點單調，寫幾句話給她吧！」

那是一張畫有插圖的明信片，插畫上是一名身穿T恤的男子，衣服上寫著「Would you like to go on a picnic with me?」的字樣。

秀赫看著明信片忍不住笑出來，說：「嗯……我要是邀請她一起去野餐，她應該會把我當外星人看待。」

柳真被逗得呵呵笑，把明信片塞進秀赫的手裡說：「聽說您為了看畫，一大早就從首爾大老遠跑來這裡？您待會兒會去美術館嗎？可否拜託您一件事？」

秀赫一副凡事都可以拜託他的樣子，雙手向下張開手臂，面帶微笑。他的笑容散發著成長過程中備受愛戴的人會自然流露的迷人氣息，早先吃早餐時的表情——彷彿被人追趕——早已消失無蹤。

柳真接著從一旁提起裝有六、七本書的紙箱說：「這個，可以幫我交給水花津美術館的金宇振館長嗎？這些書和手冊剛好都在今天早上送達，本來我打算親自送去，但既然您剛好要去那邊一趟……」

「沒問題。」

秀赫莞爾，一把接過紙箱。紙箱上有整齊的手寫字寫著「金宇振先生」的字樣，就像井然有序的昭陽里小書廚房一樣，字體整齊簡約。秀赫抱著紙箱，猶豫片刻，最後還是決定開口問：

「其實……剛才我用Instagram的時候看到，今天這裡有摘柿子和採栗子活動，不知道需不需要人手幫忙？需要的話，我可以擔任工作人員，畢竟您也沒收我早餐費，我還是希望自己可以盡一份力。」

柳真似乎感到有些意外，愣了幾秒，最後轉換成調皮的眼神，上下打量了秀赫一番，忍不住偷笑。

「您之前摘過柿子和栗子嗎？您現在那身衣服可能會被弄髒喔……」

秀赫這下連忙低頭看了下身上的衣服，是平日去上班時穿的休閒襯衫和杏色長褲，雖然不是什麼正式襯衫，但一塵不染，沒有任何汙點，長褲則是照慣例有先熨燙過，平整無痕，任誰看上去都不像是會在山上採栗子的服裝。秀赫和柳真間隔短暫的時間差相繼大笑。

＊＊＊

水花津美術館比想像中小巧新穎。美術館的建築結構本身也很獨特，在其他地方很難找到這種標準正方形的空間。雖然坪數不大，但因為裡面是以迷宮的形式組成，可以四處探險，根本無暇感到無聊。

這次的展覽主題是「紐約」，參觀者可以切身體會收藏家心中的紐約是什麼模樣。

那是個極度自由又孤單的地方，連路上的乞丐都身懷夢想，但現實殘酷無情，就是個任誰都可以進去、但大部分人會受挫離開或者咬牙苦撐的空間——收藏家所表達的紐約正是這樣的地方。冒著水蒸氣的一九五〇年代紐約街頭的黑白照、看起來十分堅硬的原木色六角椅、從大都會藝術博物館（The Met）三樓頂樓陽臺俯瞰而下的紐約風貌、身穿「I Love New York」上衣的少女照片，以及從紐約現代藝術博物館（MoMA）借來的作品，依序排列展示。

秀赫找到金宇振館長，他身穿一件寬鬆T恤搭配褪色牛仔褲，一眼就認出了秀赫，並揚起笑容，那是一抹和獨特時髦的美術館十分匹配的微笑。

「我有接到時禹的電話，聽說你一早不到九點就來了？」

「喔，我……只是剛好……嗯，這是我幫他們送來的書。」

秀赫把書遞給館長。紙箱內裝有七本書，還有一些像是導覽手冊的紙張。館長小心翼翼地取出一張導覽手冊，確認印刷品質和整體設計，與此同時，也似乎在確認文字有無錯誤。

「謝謝，我本來打算今天過去拿的。」

館長給人的印象好似飯店工作人員，樣貌整齊簡潔，慢條斯理地說著。秀赫也禮貌地點頭示意，之後便轉身離去。

星期五下午一點，秀赫對於自己竟在下午的上班時間出沒在山中美術館，聽著如海浪聲的竹林摩擦聲響感到好不真實，如夢一場，彷彿進入季節、日期、時序等概念都不復存在的世界。他心裡想著，其實只要有心，平日也可以安排一天休假，像這樣來山上或海邊走走，但是秀赫在過去一年間從未有過這樣的念頭，只有全神貫注在如何撐過每一天，無暇思考其他事情。

秀赫本想重回昭陽里小書廚房，卻猶豫了一會兒，他轉身走回正在一本本確認書籍的館長面前問：「那個……請問這附近有甜點店嗎？」

＊＊＊

裝著鬆餅的三十個小盒子，使昭陽里小書廚房填滿濃郁香甜的氣息。每一塊鬆餅都如牛排般厚實，上頭淋著楓糖漿，被包裹得油油亮亮。鮮奶油上撒著肉桂粉，和酥脆的鬆餅搭配得恰到好處。年約五、六歲的男孩和媽媽一起走進小書咖啡廳，立刻直衝裝著鬆餅的小盒子前面，驚歎連連。柳真看著這堆小盒子喜笑顏開。

「哇！這些都是什麼？」

「早餐錢。」

秀赫打趣地說，但他其實對於這樣的自己感到不可置信，因為和過去幾個月的自己明顯不同——過去他一直面無表情、隱藏情感、只做必要的發言——但是在這裡，彷彿暗淡無光的時間被重新染上了繽紛色彩。也許是因為他想起了二十歲出頭時，一個人隻身在紐約的那段自由、茫然、內心還會感到一陣顫慄的歡樂時光。

雖然即將又得回歸現實，但至少此時此刻在旅行，所以他心想，即使像他人一樣享受當下應該也無所謂。

「這可以發給今天前來參與摘柿子和栗子活動的人，一組人拿一盒，我自己也剛好想吃，下午勞動結束後應該會需要補充一些糖分。」

「是那家我喜歡的鬆餅店！有香草口味的嗎？」

柳真將小盒子一一打開確認，時禹則像是等候已久似的突然登場。

「喔！是鬆餅的味道！」

時禹迅速將三盒鬆餅放至櫃檯底下，然後把一件皺皺的黑T恤和一條類似阿嬤花褲的鬆緊褲遞給秀赫。

「大哥，要換工作服了喔！」

秀赫噗嗤一笑，接過衣物，覺得自己彷彿成了舞臺劇演員，為了登臺演出而準備更衣。「鬆緊褲是吧……不過比起這條褲子，要是讓公司同事看到這件皺巴巴的T恤可能會更震驚吧。」這樣的念頭在他腦中一閃而過，最重要的是，他已經不曉得有多久沒有被人以「大哥」稱呼了。如釋重負的心情如秋風拂過他的心。

擔任摘栗子的工作人員一點也不輕鬆。搖晃栗子樹還只是剛開始，後續要用腳踩開充滿尖刺的栗蓬，把沒被蟲咬過的堅硬栗子挑出來，這些過程都會被尖刺扎傷。除此之外，還要注意那些國小生跑跑跳跳有沒有因為踩到栗蓬而跌倒，或者尖刺有無穿過衣服扎進肉裡等，這些統統都屬於工作人員的範疇。由於栗子樹種植在後山上，是個較陡的山坡路段，再加上可能會有蛇出沒，所以不能掉以輕心。

坦白說一點都沒有浪漫悠閒的成分，秀赫從下午兩點至傍晚六點整整站了四個小時，沒有休息。採栗子活動結束後，秀赫還特地確認有無遺漏的客人，最後一個才下山。直到那時他才意識到，自己已經有四小時沒看手機了。雖然手機也沒有響起，但他自己也沒有想看手機。

被晚霞渲染的群山優美壯麗，彷彿在萬里無雲的天空下與人道別似的，忙碌的一天也慢慢被收進朦朧昏黑當中。梅樹的樹枝隨風搖擺，那模樣像極了揮動的五指。小書文旅的屋簷下，懸掛著一串又一串今日採摘回來的柿子。

時禹輕鬆地倚靠在小書咖啡廳裡的桌子旁，一轉眼，他已經和前來住宿的旅客小孩們打成一片，一起專注看著YouTube上的教學影片，研究如何用色紙摺出一輛汽車。逛書的客人像在欣賞展場畫作似的仔細端詳架上的書籍，從庭院一眼望去的昭陽里小書廚房，簡直就像奇幻世界裡的和平小鎮。

「鬆緊褲看起來不錯喔，很像已經住在這裡多年的當地人。」

柳真突然出現在秀赫身旁，和他並肩而站。秀赫原本站在小書咖啡廳外怔怔觀賞店內人群，聽到柳真這麼一說，露出了得意洋洋的帥氣笑容，柳真也忍不住大笑。兩人沒有交談，一起凝視著小書咖啡廳。

「今天真的很感謝您。其實我們的確人手不足，但也苦無對策，只好安慰自己船到橋頭自然直。」柳真開口說。她認為秀赫應該會做出一些回應，所以停頓了一會兒，但秀赫什麼話也沒說，柳真繼續接道：

「我有打包一些柿子和栗子，您可以帶回去首爾……」

「那個……這裡還有可以讓我待到週末的客房嗎？」

秀赫直接打斷柳真的發言，突然提問。這句話根本不在他原先的計畫中，他再次對於脫口而出這句話的自己感到驚愕不已。秀赫其實是個有潔癖的人，只要沒帶平時慣用的刮鬍泡、洗面乳、化妝水、乳液，就絕對不可能外出旅行，更別說完全沒帶這些保養品、連一件內褲都沒有的情況下，他竟然動了想要外宿的念頭。儘管這些理性念頭正在不斷地哀號，但下一句話也像是打鐵趁熱似的從他口中直衝而出：

「假如客房都訂滿了，我也可以睡在你們員工宿舍的客廳或者哪裡都行。」

秀赫說完這句話，像吞了苦藥的人一樣緊咬下唇。他的視線依舊停留在猶如一幅畫的小書咖啡廳上。沾染了夕陽餘暉的山腳美得耀眼奪目，還帶有一絲哀愁。

「嗯……」

柳真目不轉睛地盯著秀赫的側臉，她知道眼前這名男子不是純粹在提出一項請託，因為他的眼神充滿迫切。秀赫看起來就像一隻飛了整夜卻找不到休息處的鳥兒，正在度過人生岌岌可危的時期。

柳真認為每個人一定都有需要一座洞窟的時候，讓自己可以短暫躲避他人的視線，或者把自己隱藏起來。她盡量用輕鬆的口吻回應：

「目前的確已經沒有空房，不過您又是什麼時候發現員工宿舍的客廳沙發很軟的啊！如果您不介意的話……噢，不過二樓沒裝窗簾喔，您知道吧？早晨的陽光會是您的鬧鐘喔！」

秀赫用一抹微笑來代替言謝，長長地吐了一口氣。天空飄著幾朵烏雲，但因為空氣清新，感覺沒有那麼陰鬱。在晚霞愈漸朦朧的山稜線上，夜幕正緩緩低垂。最終，冰涼的秋日氣息開始籠罩大地。

「大哥，怎麼能讓您睡二樓沙發，來我房間一起睡吧！」

時禹爽快地接納秀赫，將他視為這兩天的室友大哥。

三人圍坐的晚餐時間，柳真和時禹聊起兒時回憶，有說有笑。包著尿布的小時禹，曾經在某條巷子裡淋著雨，邊唱歌邊跳舞；五年級的小柳真，被暗戀的男同學拒絕後，寫了一首不堪入目的詩；還有炎炎夏日，在海雲臺海邊戲水，害朋友不慎吃到鹹鹹海水；以及彷彿人生從此完蛋似的，充滿不幸的聯考分數公布日。那些日子乍看愚蠢、不完美、亂七八糟，但回頭看反而是令人懷念又不捨的時光，宛如人生中的大小坑洞。秀赫隻字未提自己的事情，但柳真和時禹並不介意，因為這在他們的意料之中，一點也沒關係。

三人吃到再也吃不下任何東西之後，走上二樓露臺。擺放在一側的遮陽傘桌椅發揮了功用，他們將攜帶式電磁爐放在圓形原木桌上，把從樓下洗淨帶上來的栗子放上去煮。沒想到攜帶式電磁爐如此實用，也沒有任何需要著急處理的事情，三人輪流倒了一些紅酒，柳真則將咖啡和紅酒混著喝，屬於「啤酒派」的時禹早已獨自暢飲第二罐啤酒。

一抹彎月高掛天空，明亮而清晰。精采絕倫的週六白晝已落幕，緊接著登場的是帶著忐忑不安的黑夜。夜風像散步遊走的貓咪，漫無目的地吹拂。

「你們在開車途中有出現過這種想法嗎？」秀赫像在自言自語說。

柳真手拿幾顆溫熱的栗子，不停在手中摩擦滾動。她抬頭望向秀赫，時禹則在一旁打瞌睡。

「車子行駛在能夠看見蔚藍大海的濱海公路上，天氣晴朗，萬里無雲，這時如果出現酷玩樂團的歌曲〈Viva la Vida〉，應該會很合適。只要是能使人心中產生悸動的旋律，任何一首歌都無所謂，然後隨著音樂節奏一路馳騁在公路上。潔白的野雁應該會在遠處高飛，然後車子開著開著，轉進一處彎道，發現一輛大卡車正朝自己全速衝來，最後，啪！畫面轉黑。」

放在電磁爐上的鍋子彷彿有痰卡在喉嚨，呼嚕作響。夜幕低垂的露臺上，寒冷的空氣像在游泳似的上下起伏，秀赫沒有等待柳真回答，柳真也知道秀赫還有話沒說完。

「我去探望住院朋友回來的那天晚上，獨自想像著朋友開車行駛在濱海公路上的模樣，聽說他凌晨行駛在高速公路上，突然恐慌症發作，車子撞上護欄，停了下來，所幸沒有生命大礙，只有手臂和肋骨有些骨折……他不肯見任何前去探望的人。雖然不知道為什麼，但是每次只要想到那個傢伙，就會聯想到在濱海公路上奔馳的畫面。」

柳真知道，這位朋友的故事其實就是秀赫自己的故事，她並不是猜測，而是純粹看著秀赫的眼神便可得知。秀赫的眼眸裡，藏著自己在海邊開車的模樣，有如夢裡的場景。

柳真把剩餘的氣泡酒一飲而盡。秋天的草蟲發出像心跳般有著固定節奏的滋滋聲響。

「那種時候，閱讀道格拉斯．甘迺迪（Douglas Kennedy）的小說再適合不過。」

那是瀰漫了一片靜默的夜晚，草蟲似乎也已經精疲力竭，發出的聲響變得像遙遠的火車隱隱約約。秀赫的視線像在望著黑鴉鴉的山巒後方，當他聽聞柳真這麼一說，緩緩把頭轉了回來問：

「道格拉斯．甘迺迪是誰？」

「當然是小說家囉！我剛才都說是小說了嘛。」

秀赫噗嗤笑了。在這段如靜謐湖水般悄然無聲的時間裡，泛起了一波小小的漣漪，隨即又消失無蹤。時禹坐在柔軟的單人沙發上睡著，明明不到一小時前，這人還獨自暢飲完五罐啤酒、嚷著自己沒問題。柳真起身去幫時禹把毛毯拉到肩膀的位置，才又重回自己的座位上。

「道格拉斯．甘迺迪的小說都有一樣的故事設定。首先，主角都是成功人士，內心卻十分空虛，直到遇見某個契機，就會放下一切毅然遠行，到一處鄉下小鎮改名換姓、改頭換面、改行做別的職業，從此成為全新的人，過著全新的人生。」

柳真暫時停頓換氣，順便確認秀赫有無在聽自己說話。秀赫一動也不動地坐著，但柳真可以感受到他正在等待接下來的內容。

「我覺得前往一處無人認識自己的地方，將自己徹底隱藏起來，完美地活出第二人生是一件非常有魅力的事情。」

雖然柳真微笑說著，秀赫卻沒有任何回應。一陣風吹了過來，如一口細長的歎息。

「從此之後，我只要心情憂鬱或生氣，就會選一些能讓自己逃離現實、投入故事情節的書來讀，例如偵探推理小說或者奇幻故事，這樣至少沉浸在小說裡的時候，會像吃了止痛劑一樣暫時忘卻現實的苦楚。不僅如此，投入到故事裡，有時還會覺得書中人物彷彿在對我說：『人生有好多令人無語的事情吧？沒想到竟然會這麼誇張吧？』」

秀赫靜靜聆聽，眼神像清晨獨自盛開又悄悄閉合的睡蓮，孤單而憂傷。

好不容易，秀赫終於開口說：「這倒是我這輩子第一次聽到有人把書比喻成止痛劑。」

然後他笑了。原本接近無色的臉龐，頓時因為揚起了笑容而重疊出一張調皮男孩的面孔，那是一抹將他過去其實是個溫暖開朗的人的事實浮上水面的笑容。

「嗯，我只要心情憂鬱或生氣，就一定會聽這首歌……」秀赫喃喃自語道。可能是腦海中浮現了歌曲的旋律，眼神突然亮了一下。

「〈Waltz for Debby〉，這是我母親喜歡的爵士樂。以前她烤蘋果派的時候，就會用黑膠唱片不斷播放比爾．艾文斯的版本，從揉麵糰到放入烤箱、再到烤好取出，整段過程都會一直聽這首演奏曲。」

秀赫一想起旋律，夾帶著蘋果派香味的一陣風便飄了過來。母親站在烤箱前跟著旋律哼唱，該晚窗外的月光格外明亮。秀赫似乎還想多說什麼，卻欲言又止。然而，柳真不知為何反而感到安心許多，因為她隱約察覺到原本徘徊在泥濘晦暗道路上的秀赫，終於抬起頭仰望夜空。

「哇，是哪一首歌？我想聽聽看！」

柳真點開手機裡的音樂播放軟體，搜尋歌曲並開始播放。手機裡傳出的華爾滋爵士演奏曲和遠處傳來的鳥鳴聲巧妙融合，從夜空中的烏雲間還能隱約瞥見滿月的風姿，以及時不時探頭而出的星星，忽明忽暗。

＊＊＊

秀赫在和煦陽光的照射下睜開了眼睛。他還分不清自己究竟是在夢裡還是現實，畢竟不是在原本熟悉的空間裡醒來，四周也像是裝了隔音牆一樣，安靜得令人感覺陌生。秀赫拿起手機，習慣性地確認時間，上午十一點十二分，他最後一次睡到這麼晚已經是很久以前的事了。

秀赫還沒回過神來，眼神空洞地環顧時禹的房間一圈，第一個映入眼簾的是歌手黛安的海報，牆上還有幾張拍立得照片像被夾在曬衣繩上一樣吊掛著，大部分都是昭陽里小書廚房的風景照。地板上散落著幾件運動服和襪子，還堆放著兩、三個較大的紙箱。時禹自然是不見蹤影，秀赫想起先前和時禹聊過的話——至少要在凌晨六點起床才來得及準備住客的早餐。秀赫繼續維持睡著的姿勢，只有眼睛眨呀眨地想著：「這樣的生活好像也不賴。」

他感受到大腦宛如一座充滿凌晨新鮮空氣的公園，清爽無比。

小書咖啡廳裡舉辦的寫作工作室上午場已經接近尾聲，忘了刮鬍子的秀赫帶著滿下巴的鬍渣走到小書咖啡廳。柳真正在裡面用筆電整理資料，一見到秀赫便微微舉手打招呼，然後再對著站在外頭櫃檯的時禹比出「去接待一下」的手勢。

「大哥！昨晚睡得好嗎？我有幫您留一些自助早餐的餐點，再幫您送到後院的桌子上，您慢用啊！」

在小書咖啡廳裡陳列完書籍的時禹一邊走來一邊向秀赫搭話。神奇的是，明明秀赫和這些人才認識不到四十八小時，卻比在公司裡共事一年以上的同事還要來得熟悉親切。時禹把蘋果、可頌、綜合堅果和用新鮮草莓點綴的優格一一擺到戶外餐桌上。秋陽高照，所幸有梅樹的陰影適當地遮蓋了桌面，較為陰涼。微風連咖啡廳裡的咖啡香都能夾帶飄送。秀赫下意識地望向昨天採栗子的那座山，一同採栗子的小朋友可能已經退房，不見蹤影。這時，柳真拿著咖啡快煮壺走了出來說：

「栗子樹大叔，您還真能睡，我以為你頂多睡到十點就會醒來耶。」

如今就連稍微調侃一下都已經變得十分自然。秀赫也淘氣回應：「這樣我就能睡醒直接吃早午餐啊，還省下一頓飯錢。」

柳真咯咯笑著，往馬克杯裡倒入咖啡。濃郁的美式咖啡和陣陣花草香融合得很好。直到深夜都還聚集在天空中的烏雲，似乎已經被統統消滅，高高的天空上沒有一絲雲彩。

秀赫喝下一口咖啡，向柳真問：「這裡有不錯的開車兜風路段嗎？」

柳真想了一會兒，毫不猶豫地答：「這山下有一條水杉林蔭道路，只要從這裡往下一公里處的三岔路口往右轉進去就是了。聽說最近突然變成熱門景點。本來只是一條蜿蜒的公路，以前村民們常用的路段，但七年前因為隔壁村開通一條新的直線道路，所以這條就逐漸被人遺忘。然後，自從去年那條人煙稀少的水杉林蔭道路被選為汽車廣告的拍攝地點、人氣韓劇的片尾場景之後，人氣就跟著水漲船高。沿著蜿蜒的道路緩緩行駛，映入眼簾的景色很不錯喔！只是開起來會有點頭暈啦。」

柳真在心裡暗自補充：「不是能飆到時速兩百公里的濱海公路喔！」她偷瞄了秀赫低頭看手機的側臉一眼。

「不會出現大卡車的，只要不去想那些事，就會是一條很美的兜風路段。」

秀赫彷彿聽見了柳真的內心喊話，將視線離開手機，抬起頭，面帶輕鬆的笑容。

即便不是在高速公路上全速奔馳，在公路上悠閒開車心情也不錯。由於這條路段位在山坡上，所以有一種搭乘海盜船的感覺。溫柔緩慢地爬上山坡之後，便可看見高聳入雲的水杉傲然挺立在兩側，還有楓葉搖曳生姿。開下山坡的時候則有一種緩解緊張的感覺。

此時，秀赫想起了小時候週六到延禧洞外公家吃完午飯以後，就會和母親一起跑跑跳跳前往附近超商買東西的記憶。延禧洞的上坡路段大部分也像海浪一樣蜿蜒曲折，而從外公家到超市則是段下坡路。那天同樣也是秋天，陽光明媚，沒有雲彩的天空顯得有些單調。沿著順滑的下坡跑下去，會因為衝力而加速，風也在身後推著。當時，秀赫一邊歡呼，一邊像賽跑選手一樣拔腿狂奔。

母親也跟著他一起奔跑，雖然不免還是會提醒兒子要注意、要小心，但她絕對也有感受到下坡路在抓著她的雙腿加速奔跑、風兒在身後不斷推進，就和在秋陽下吃冰淇淋一樣的快感，跑下坡時迎面而來的風還夾帶著母親的氣味。

秀赫把車暫停在路邊，凝望著當年一路跑下坡的母親、父親與男童的背影。

他開車兜風兜了兩個小時左右才回到昭陽里小書廚房，回來後的神情看起來又再輕鬆了許多。他看著已經熟識而自然前來迎接他的柳真和時禹，了解到自己已經多了兩名朋友的事實。

秀赫不知從何時起，變得習慣性地提防他人、不相信任何人。尤其近五年的人生，簡直就像活在「不能傻傻被騙」的競技場上。因為每個親切微笑的眼神背後，都暗藏著用精準數字計算過的意圖。

然而，在昭陽里小書廚房可以卸下所有防備，因為這裡是願意大方分享溫暖家常飯的地方，毋須特別解釋自己是誰，也可以大方暢談歡笑的地方，甚至是能聊到母親生前喜歡的爵士樂的地方。

秀赫坐在小書咖啡廳一隅，翻開剛才柳真表示要送他做為禮物的書籍——村上春樹的《村上收音機》，上頭還貼著一張便利貼，寫著：「這不是在暗示您要刮鬍子喔！呵呵！」

秀赫還不太明白這是什麼意思，歪頭思索，習慣性地以手摸下巴，這才意識到原來自己早上竟然忘記刮鬍子了，忍不住獨自傻笑。趁著秀赫悠閒自在閱讀的期間，週六的太陽也在窗外悄悄落下。

＊＊＊

週日凌晨，柳真、秀赫和時禹直到太陽冉冉昇起、白霧消散為止，一直都坐在清津湖邊的長椅上。三人沉默不語。秀赫正用自己的方式向昭陽里小書廚房以及柳真和時禹道別，柳真和時禹則像是理解似的盯著湖面看，偶爾輕輕點頭。那是個和昭陽里小書廚房道別的早晨，在適當的距離、適當地說再見。

又到了重返日常的時間。待在昭陽里小書廚房的這段時間溫馨又舒適，這點無庸置疑，像久違的豔陽，也像溫柔的呼吸。然而，秀赫的人生並沒有就此出現戲劇性的變化，只是在提醒他穿著皺巴巴的T恤、忘記刮鬍子的時光即將結束。

北上回首爾的高速公路上，秀赫想起了瀰漫在湖面上的白霧，還有晨光照射在湖面上波光粼粼的樣子，一直在腦中揮之不去，與此同時，奔馳在高速公路上的汽車引擎聲也在轟隆作響。他打開方向燈，變換車道，看見自己超越了一輛大型休旅車。儀錶板上的時速顯示已達一百一十公里，導航畫面顯示著五十二分鐘後即將抵達住處的通知，時不時還會出現幾百公尺後將有測速照相的提醒，並將畫面染紅，閃爍不停。

長長的高速公路宛如一條分界線，由慰藉小憩的片刻轉換成日常模式。秀赫嘗試回想一個人回到空蕩蕩的屋裡，獨自吃著午餐，冰冷的寂寥一定占據了所有物品井然有序的空間。然而，他可以肯定的是，現在的自己絕對有別於以往，不禁嘴角上揚。

第六章

# 初雪、思念以及故事

첫눈, 그리움 그리고 이야기

柳真打開筆記型電腦裡的「昭陽里小書廚房　照片」資料夾。明天是員工大會，她想要先選好幾張照片，製作成擺放在餐桌上的桌曆。

螢幕上顯示出一張張滿載回憶的照片，有春日暖陽潑灑進潔淨無瑕的客房客廳落地窗照，也有幾張彷彿是另一個世界的夜空照，還有混著暗紅與粉色的五月玫瑰在墨綠色的藤葉間充滿自信的抬頭照。參加工作室的客人專注投入的神情也被鏡頭一一捕捉，用心寫推薦書單的員工側寫照也映入眼簾。以山稜線為背景所呈現的壯麗夕陽、緊牽著手一同逛書區的戀人背影、牛肉蘿蔔湯和烤牛肉片及煎蛋捲等早餐照，依序呈現。

照片裡，當天的溫度、濕度、氣味、音樂、心情、想法等都被定格，也因此，那些照片反而顯得有些孤單，因為照片歷久不衰，即便所有情況早已改變，也會永遠停留在那一刻。不過倒也不是陰沉寂寥的那種孤單，而是因為心知天下沒有不散的宴席，才會帶著不捨的心情頻頻回首的那種孤單。

照片與照片之間還穿插著幾個影片檔案，點開可見數十隻螢火蟲成群結隊地在庭園裡縈繞，照亮夏夜，像極了用縮時攝影拍出的浩瀚宇宙；還有清晨的山間，茫茫白霧瀰漫又消失；參與讀書會的人正在朗讀書中句子；常去的花店的閔老闆穿著圍裙和亨俊一邊閒聊一邊將花盆擺放在中庭。

柳真面帶微笑，欣賞著影片，視線停留到螢幕中的秀赫身上，畫面上正播放著參加採栗子活動的兩名小朋友，面露燦爛笑容、穿著矽膠長靴用力踩著栗蓬的景象，而秀赫就在一旁。他身穿時禹給的鬆緊花褲，和孩子們相視而笑，孩子們差點跌倒時還會連忙伸手攙扶。柳真想起了秀赫當時提到的華爾滋爵士曲故事。

自從那天秀赫返回首爾以後，他們就沒有再聯繫，雖然彼此也沒有交換手機號碼，但其實只要有心，隨時都能透過昭陽里小書廚房的社群平臺帳號聯絡。比起失落，柳真反而擔心秀赫，不曉得他回去後過得好不好，因為她想起秀赫當時看來岌岌可危的眼神，並重複看了好幾次有秀赫出現的影片。

柳真抬起頭，感覺四周變得鴉雀無聲，全世界都像屏住呼吸一樣頓時消音。窗外飄著如花瓣的白雪，那是今年的初雪，雪花光是被微風輕輕吹過，就會迅速飄升到空中再落下，像是在跳著優美的舞。地上的積雪不厚，就算只是輕踩也會留下黑色腳印的程度。原本幾近嘶吼的鳥啼聲、草蟲聲也消失無蹤，只剩下一片靜默。

柳真敞開窗戶，下著初雪的世界像是穿上了一件毛茸茸的薄外套，使酷寒稍稍緩解，並且發出好似用柔軟掃把掃地時的沙沙聲響。柳真暗自心想，原來下雪時會有這種聲音。

小書咖啡廳裡播放著艾迪．希金斯三重奏的〈Christmas Songs〉，這是她在下著梅雨的夏夜，和韶熙還有亨俊一起在小書咖啡廳裡聽過的曲子。

「不知道大家都過得好不好……」

柳真想起之前來訪昭陽里小書廚房的人，有些人的面孔依舊清晰，有些人則是以聊天時的嘴型、牛仔褲上搭配的起了毛球的毛衣、飄著深栗色髮絲的模樣或者笑聲等，儲存在她的腦海裡。

柳真認為，有時可以靠思念來支撐自己度過一段時間，有時也可以依賴思念所散發出來的隱約情感；有時思念之心像雪花般灑落在那個人身上，那個人說不定也會想起自己。雖然在現實生活中，每個人身處各自的空間，做著各自的事情，但是在思念彼此的心中永遠都會重逢，也或許故事就是在那些思念之情層層堆疊後所形成的也不一定……

柳真望著窗外，沉浸在思緒當中，接著突然起身。因為她看見有個人面帶史上最尷尬的表情走進了昭陽里小書廚房，臉頰略顯僵硬，在一片雪白的地上留下皮鞋腳印。

＊＊＊

「我真沒想過你會開書店。」

雖然學長是為了緩和氣氛而說這句話，但只是徒勞。柳真盡可能想表現得泰然自若，保持微笑，但嘴角已經開始歪斜。對面那桌坐著五名年約四十五歲上下的女子，彷彿是來參加同學會，有說有笑，聊得正起勁，喧嘩吵雜的聲音和柳真這桌的一片死寂形成明顯對比，教人渾身更不自在。

「是嗎？」

面對柳真尷尬的回應，學長乾咳幾聲，連忙喝下一口奶茶，然後像是在觀察似的環視小書咖啡廳一圈。他那細長的雙眼使整張臉看起來更顯冷酷。

「你都不接我的電話。」

「喔，就……沒什麼話要說。」

他將寬闊的肩膀倚上木頭椅背，長歎口氣。椅子發出輕微的嘎吱聲。

「不是說好公司收掉以後見個面嗎？我還有透過尚赫傳話給你，可是在那之後你也不接我電話……」

兩人再度陷入沉默，感覺快要窒息。柳真想起她獨自一人坐在空蕩蕩的會議室角落，關著燈默默將眼淚往肚子裡吞的那個晚上——那是個帶著「就此結束」標籤的夜晚——空間裡瀰漫著把一切都壓抑住的沉默。

那天她和學長大吵了一架，主因是有企業提議想要併購公司。當時打拚了三年的公司好不容易步上軌道，成功吸引創投公司投資，正開心地想著接下來一年可以不必操心資金的問題，專心經營公司就好。柳真當時深信，終於是時候可以盡情做各種嘗試了，所以當她聽聞要在那個節骨眼把公司賣掉時，認為極不合理。然而，學長是個務實的人，他分析市場上能夠撐過三年以上的新創公司屈指可數，既然有不錯的條件不請自來，應該欣然接受，對公司或個人履歷都是好事。

「在我看來，現在正是賣掉公司、再重新構思其他事業的好時機，對方開的條件也不差，需要的話還可以讓我們入職，成為公司的一員，而且也承諾會讓我們有較多的持股來做為併購的條件，不是嗎？」

「可是我們好不容易成功吸引到創投公司投資，現在就要將它拱手讓人，然後再一切歸零、重新出發，這樣到底有什麼意義？」

「我們還是理性一點看事情吧！你覺得還會有其他企業願意給我們這麼好的條件、認為我們有如此高的價值嗎？光是能撐過三年都已經是奇蹟了，等公司真正開始賺錢可能是十年以後的事，三年後直接關門大吉都不無可能，所以……」

「所以要趁公司還值錢的時候趕緊脫手，見好就收的意思？」

學長的眼神就像銳利的玻璃在閃爍，冷酷無情。柳真沒有閃躲，雙眼直盯著學長。

「學長自己退出吧，看是要去創投公司還是要去併購我們的企業上班都無所謂，就用『前』新創公司代表的頭銜過日子吧，我會在這裡賴著不走的。」

「柳真……」

「學長，你真的很過分，難道當初把我帶進這間公司也是為了彰顯公司有顧問出身的人嗎？所以是為了能有個端得上檯面的好看包裝紙而利用我的囉？」柳真大聲怒吼，頸部都爆出了青筋。

「拜託你聽我把話說完。」

「所以你的結論是什麼？一切按照你的劇本得出結論，開心嗎？要退出你就自己退出吧，按照你精打細算過的了不起的計畫表去享清福吧，別來強迫我也成為那種人。」

對話像梅比斯環一樣無限重複，而且是以強度逐漸增強、給彼此造成更大傷害。最終，心力交瘁而選擇放棄離開的人是學長，當時雖然沒有賣掉公司，但如今回頭看，其實學長的判斷是對的，極其冷靜理性又精準。學長後來轉去創投公司上班，步步高升，柳真的新創公司則在市場上永無止盡地漂泊。

最終，柳真把公司唯一僅剩的資產——專利——以還可以的條件賣給了其他企業，然後拿到一些合併公司的企業股份，才得以處理掉這間自己一手創立的公司。學長雖然有透過其他前輩和同期加入的夥伴嘗試聯絡柳真，但柳真都沒回應。處理完最後的收尾流程後，她便躲進房間足不出戶整整兩個月。那是一段想要徹底躲起來的時光，她甚至還認真考慮過要不要關機去阿拉斯加或南美等地方生活一段時間。

＊＊＊

善於察言觀色的時禹悄悄地走過來，把幾塊巧克力餅乾放在桌上，簡單打過招呼後便走回櫃臺，隔壁桌的客人依舊沉浸在愉悅的聊天當中。

柳真開口說：「學長果然還是比較成熟，還願意特地來找我。」

柳真看著學長，相較於三年前的最後一面，學長感覺蒼老了許多。明明才三十五歲上下，白髮卻處處可見，有著濃濃黑眼圈的眼周也滿佈皺紋。身穿格紋深灰色西裝配皮鞋的模樣，看上去十分自然。

「其實我……來這裡的路上有想過是不是太遲了，當我聽說你開了一間書店的消息時，覺得很像你的作風。你還記得我們第一次討論新創事業商品規劃的時候嗎？你總是對內容策劃很感興趣，甚至提議在元宇宙市場創立一間依個人喜好推薦音樂、書籍、電影的商店，我也記得你總是對故事很感興趣。」

柳真想起在露天咖啡廳裡喝著啤酒一起討論事業商品規劃的那個夏夜，由於當時還未加入新創公司，都要等到顧問工作結束下班後，才能趁深夜在住家前的露天咖啡廳和學長碰面討論。柳真猶記當時聊到凌晨都有聊不完的話題，兩人對於展開一段全新冒險感到期待又興奮，也有十足的勇氣去面對即將迎來的任何挑戰。雖然大家都說創業百分之九十九會失敗，但是只要和學長一起，柳真就有莫名的把握可以擠進那百分之一的成功當中。

「學長也有提出很多好點子啊，但是比起我們聊過的無數好點子，在住商混合大樓下的露天咖啡廳裡喝的瓶裝啤酒和佳餚更讓人印象深刻。」

學長僵硬的臉頰終於浮現溫柔微笑。

「我想，我的胃食道逆流可能也是當時每晚十二點都會吃一份撒著ＯＺ起司的炸薯條所導致的。」

「如果以貢獻度來看，罪魁禍首應該是啤酒吧？你還記得我們把開瓶器堆成疊疊樂嗎？」

兩人相視而笑。一轉眼，兩人以大學前後輩的身分已經認識將近十四年，換言之，可能是二十歲後比父母還要了解自己的人也說不定——比誰都還要清楚彼此的二十世代。

學長是個容易專注投入於某件事情上的人，甚至到有些偏執的程度。他突然對滑雪感興趣，就努力不懈地練習，練到全身瘀青為止；準備考會計師時，還將手機整天關機，一天只打開十分鐘左右，處理必要事項；寫合約的時候也會逐一仔細檢視內容，就連律師都嫌煩。

如此執著的一個人，如今竟擺出一臉獨坐在海邊、遙想年輕時期美好回憶的老人表情。在失去聯繫的三年間，各自的而立之年早已隔出了一條鴻溝，只剩下空虛的回音繚繞在斷裂的時間縫隙之間。

「你還記得嗎？我們本來要把公司名取作『初雪』，後來發現已經有其他公司使用這個名稱，只好作罷。來這裡的路上，我看見外頭下著雪，突然想起了幫公司取名的那天。」

學長拿起一塊夾了白巧克力的餅乾放入口中，並將視線移至窗外。原本輕盈飄蕩的初雪轉眼間已成鵝毛大雪，像豪雨一樣猛烈地從天而降。柳真望著眼前學長熟悉的側臉，腦中浮現兩人一同度過的日子。在系學會裡一起叫炸醬麵來吃的學長，默默聽著柳真述說自己被顧問生活搞得疲憊不堪的學長，在新創公司裡開會到凌晨然後在沙發上睡著的學長……

柳真暗自心想，對於任何人來說，都有宛如初雪的時刻——原本紛亂的日常，會在某一刻突然陷入寧靜，悄悄地出現變化；有些人的人生輪廓，要等到充斥著失敗與龜裂的過往被初雪覆蓋後才會顯現；而尖挺的杉松也是經過白雪覆蓋後，才搖身變成白色的雪花樹。那些過去難以理解的痛苦時光，這時才會變成別具意義的風景。柳真心想，也許就是要經歷過這種時期，才能萌生在雪白覆蓋的山坡上滑雪的勇氣。

時禹和世璘逐桌點燃蠟燭，明明才下午五點，夜幕已經開始低垂。桌上的小燭光和窗外的白雪一同環繞著昭陽里小書廚房。

「學長，其實我一直有話想對你說。」

柳真無法看著學長的眼睛說話。學長的眉毛微微抖動，望著柳真，臉頰略顯僵硬。柳真想起學長每次只要感到錯愕時，就會耳朵漲紅。

「我在這裡經常想起創業的那段時期。如今回想，原來在整個創業過程中，我都是處於職業過勞的狀態，但當時完全沒有意識到自己已經過勞。」

柳真為了查看學長的表情而停頓了一下，但學長只是淡定地看著柳真。於是她盯著微微晃動的蠟燭火苗，接著說：「新創公司剛成立、每週工作八十個小時的時期，我因為不想在競爭中落後，想要被認可是有能力營運專案的人，所以埋頭苦幹、向前衝刺，根本不知道什麼叫作累。然後我盡可能將情緒隱藏起來，卯足全力投入每一項專案，認為那樣才稱得上是專業人士。」

那個時期，柳真奮不顧身地跳入職場這片汪洋大海，立志成為懷抱遠大夢想、穿梭在浩瀚宇宙的勇敢探險家。雖然她的情感狀態早已像戰爭後的廢墟那樣槁木死灰，但是對她來說，照顧自身的情緒永遠排在最後順位，成功才是她的第一目標。她時時刻刻鞭策自己，必須放下那些不重要的情感，只專注在目標上，全力衝刺。

「回顧過去和學長不斷吵架的時間點，其實我自認當時的自己已經狀況不佳，動不動就火冒三丈，甚至不知道那件事情有無必要那麼生氣，就只是不斷地怒吼。成功爭取到投資的那天，我回到家坐在空無一人的客廳裡，覺得好空虛。明明努力這麼久的事情終於達成，卻沒有任何情緒，內心就像個空盒子。」

柳真想起了那天晚上，她獨自坐在漆黑的客廳沙發上好一陣子，說話的嗓音還略帶哽咽。

「柳真……」

「所以我一直想對你說對不起，我當初不該說得好像都是你的錯，你自私、你勢力眼。但那時的我已經精疲力竭，精神上耗損不堪，無法與人好好溝通。」柳真像在歎氣似的連忙說完這段話。蠟燭飄散出的香氣和書籍的氣味融合得恰到好處。

「其實我也不惶多讓……」學長用淡定的語調回答。

柳真抬頭望向學長，學長擠出一抹微笑說：「因為我們當時都在瘋狂地工作，開口閉口都是工作，甚至很自豪自己的興趣就是工作。明明身體已經過勞卻渾然不知，還在那邊一副臭屁的樣子，自以為是。我才該對你說抱歉，身為學長不僅沒把你照顧好，還和你同樣身陷其中甚至自顧不暇。」

學長凝視著柳真的雙眼，柳真則是從學長的臉上看見了創業前、也就是大學時期學長的模樣，兩張面孔交錯重疊。大學時期她在創新創業社團裡認識的學長幽默風趣，雖然不是會把眾人逗笑的那種焦點人物，但至少和柳真笑點相近、頻率相投。透過和學長聊天的過程，柳真才發現原來自己被學長逗笑過好多次。

「我來這裡其實是有話要對你說。」

柳真的眼神緊張起來，她挺起腰，正襟危坐。學長見狀露出彎彎笑眼。

「我這次新入職的公司正準備設立一間社內圖書館，他們想尋找可以幫忙規劃書單、挑選書籍的人，因為是ＩＴ公司，可能可以選一些以挑戰、創意為主題的書籍；此外，這裡的人在工作上也經常碰壁，所以帶有安慰或鼓勵的療癒書籍應該也不錯。我怎麼想都覺得這根本是專門為你開設的計畫，你不覺得嗎？你不用現在馬上回答我，回去想想再跟我說就好。」

學長拿出一張名片放在桌子上，上頭的職稱寫著策略企劃室室長。

柳真拿起名片，露出了調皮笑容說：「哇，學長高升了啊！有什麼好再想的，你的拜託自然得答應。啊，不過我能拿到多少酬勞呢？是一次性的工作，還是日後需要定期更換主題並且更換書單？我看第一週的主題已經決定了，就用『創意力』和『過勞』吧！」

兩人同時放聲大笑。

「果然若論行動力，真是無人能敵鄭柳真。那我就當作你答應了喔！我們下個月在首爾的辦公室見吧，順便和負責人一起開個會。啊，對了，社內圖書館的名稱也希望能由你來命名。」

柳真點點頭，在手機記事本裡輸入重點。

學長看了柳真一會兒，開口問：「不過，昭陽里小書廚房是帶有怎樣的意涵呢？昭陽里是這裡的地名，可以理解，那小書廚房又是什麼？我一開始還以為是餐廳呢。」

「很多客人問過同樣的問題，也有人誤以為這裡是烹飪教室，甚至還有人把廚房（Kitchen）錯看成炸雞（Chicken），打電話來跟我們訂炸雞。」

學長聽完仰頭大笑，手也不停拍打膝蓋。

「Book's Chicken，唸起來很順耶！」

「吼唷！學長！」

柳真也與學長相視而笑，然後顧盼四周一圈。透過長方形窗戶望見的昭陽里山腳白雪皚皚，美若一幅水墨畫。

「小書廚房顧名思義就是書籍的廚房。我希望這個空間能像食物一樣填補人心的空缺，因此取了這個名字。因為我發現，很多人和當年的我一樣，根本不知道自己已經工作過勞，也從未仔細檢視過自己的內心狀態。所以我希望美味的故事可以廣為流傳，讓人感受到內心的飢餓，並且遇見能夠滿足心靈的故事。然後，要是有人能把檢視內心的過程寫成文章，自然是再好不過。」

「原來如此。Book's Kitchen，小書廚房……所以也有小書咖啡廳（Book Café）和小書文旅（Book Stay）。」

學長默默點頭，像是在聽音樂一樣，另一桌餐具碗盤相互碰撞的聲響成了他們自然的背景音樂。外頭的天色已經轉成黑咖啡的顏色，燭光也比先前更加明亮。儘管沒有燭光，白雪紛飛的傍晚也不至於太幽暗。

「柳真……你現在看起來很好。」

解除緊張的學長臉上，顯現一絲欣慰。

「我是說真的，感覺你變得更堅定了，也很悠然自在，這應該是最像你的樣子。」

柳真送走學長後重回室內。她望著窗外，看著被白雪覆蓋的地上印出的腳印，可能是積雪已經較厚的關係，腳印不再是黑色而是白色。在學長留下的大皮鞋鞋印旁，還留著柳真的運動鞋鞋印。

柳真站在窗邊，重新拿出學長的名片仔細端詳。小小一張長方形紙卡，覆蓋著三年來的空白，曾經拿著印有新創公司Logo的名片四處奔波的那些日子彷彿已成陳年往事，卻亦如幾天前才剛發生的事情一樣記憶猶新。

也許是雪下得較大，小書咖啡廳裡沒什麼客人。這時，大門突然被用力推開，伴隨著冷風和幾片雪花一起吹了進來。

「姊！今天黛安出新專輯了，你知道嗎？」時禹大驚小怪地跑來找柳真。

「當然知道啊，你從上週開始每天都會對我說三次。」

「那你應該要記得她今天七點會上線上的廣播電臺啊！哎唷，真是的，現在都已經七點十一分了！我還特地設了鬧鐘，結果卻忘記，天啊！」

時禹像個機關槍嘮嘮叨叨，在柳真身旁一屁股坐下來。他用手機打開線上廣播電臺應用程式，畫面中馬上出現黛安和主持人的面孔。女主持人正用高亢的嗓音滔滔不絕地介紹著：

「今天是十二月的第一天，為各位帶來一份如初雪般讓人期待的音樂禮物，睽違四年終於推出專輯的音樂女王，黛安！」

「大家好，我是黛安，好久不見，終於能帶著音樂向大家問好了，很高興見到大家！」

「哇，現在錄音室裡的氣氛非常高昂喔！我們的工作人員和製作人都笑得合不攏嘴。剛才我們已經聽完第一首歌曲，也是這張專輯的主打歌〈冬天，我們所愛的〉，真是一首非常輕快可愛的歌曲，讓人不禁讚歎不愧是黛安。您可以為我們簡單做個介紹嗎？」

「好的，這次的主打歌是在講述我以創作歌手活動至今的故事，記錄著艱困時期遇到的一些溫暖，以及像燈塔般支持我的人。」

「我們的節目從七點開播，您的專輯從六點就開賣了，對吧？我們剛才確認了一下，這首主打歌在專輯發行的同時已經攻占各大音樂排行榜第一名了！真不愧是黛安！恭喜，恭喜！」

「應該是因為今天下著初雪的關係，很多人是帶著愉悅的心情來聽這首歌，非常感謝大家的喜愛。我也想要和參與這張專輯製作的所有工作人員及製作人特別說聲：『謝謝，辛苦了。』」

「我對於您在這次的專輯裡最喜歡哪一首歌曲感到十分好奇，方便透露一下嗎？」

「有一首是我覺得最感傷的，收錄在專輯的最後一首演奏曲〈與奶奶的夜空〉，因為奶奶對我來說意義非凡，她在大概四年前過世了，我是以寫信給她的心情在寫這首歌。」

「這應該是您第一次推出只有演奏沒有歌詞的自創曲吧？實在很令人好奇，那我們就廢話不多說，趕快來聽聽看囉！」

演奏曲以微風輕拂般的鋼琴獨奏開場，有一種帶著輕盈的步伐在散步的感覺，接著，鋼琴旋律增強變快，如海浪一波波拍打上岸，然後大提琴像是在回應海浪似的，隱約沉穩地和鋼琴融合，宛如夜空中星星一顆顆閃爍發光，接下來加上小提琴聲，將副歌部分的能量帶到最高潮，最後再以大提琴獨奏呈現一開始的旋律，結束這首演奏曲。柳真聽起來很像是秋風停留在昭陽里的感覺。

這首曲子沒有用到炫麗的技巧或激昂的旋律，也不是陶醉在情感中過度包裝的演奏，只是把當年她和奶奶一同觀賞夜空、欣賞繁星的那份期待感如實地收進了演奏曲裡，清新又純樸，像極了充滿誠意書寫的手寫信。

柳真細細咀嚼那天晚上多仁說過的話：

「有時候我會夢到奶奶家，每次都有和煦陽光流瀉進來，奶奶身穿美麗的韓服，一語不發地微笑，然後就會聞到一股栗子森林特有的氣味，是我小時候經常去玩耍的地方，而我則置身於一片被紅紫色光影交疊的朦朧世界裡。」

昭陽里小書廚房的梅樹像是在專心聆聽鋼琴聲似的站立在原地。白雪覆蓋細長的樹枝，夜漸深，累積的白雪逐漸結成透明薄冰，似剉冰般。

雖然是下著初雪的冬夜，但是找不到一絲寒冷氣息。也許是因為還留有到此一遊的客人的溫度，或者因為有人願意鼓起勇氣踏上積雪的山路特地前來，抑或是在黑暗中傳出的鋼琴演奏曲像極了輕撫安慰。柳真望著梅花樹枝上的白雪，憶起當時和多仁一同觀賞的星星，彷彿都暫時降落到了地面。

第七章

# 因爲
# 是聖誕節

크리스마스니까요

世璘知道，志勳從一個小時前就在那裡了。他走進咖啡廳是在下午約莫三點左右，由於正逢平安夜，客人一整天絡繹不絕，而志勳則是默默地走進店裡，點了一杯熱美式咖啡。世璘熱情地迎接志勳，但不知為何，志勳的眼神有某處是空洞的。

接過咖啡的志勳走到後方庭院的長椅，靜止不動地坐著，宛如蜷縮在漆黑隧道內的小動物，一臉迷失方向的神情。即使凜冽的寒風不斷鑽進衣角，他仍連碰都沒碰過那杯咖啡。

一轉眼，周遭的雪勢突然加劇。

「世璘，那位客人……就是螢火蟲那位對吧？浪漫終結者。」

轉眼，時禹走了過來，向正在望著志勳背影的世璘搭話。

世璘點點頭，語帶歎息說：「舉行戶外婚禮的那天，他們倆在小書咖啡廳裡待了好一陣子，道別完就離開了，我沒機會問他們到底結論是什麼，讓人超好奇……」

「你不是認識那位客人嗎？怎麼不直接問他。」

「欸，那也要是你這種人才好意思直接問人家，我可做不到。」

時禹一邊整理要放進餅乾裡的巧克力和檸檬蛋糕材料，一邊調皮地模仿世璘說話的樣子。

志勳彷彿定格一般，坐在位子上一動不動，也像個罹患失語症、想要褪去所有記憶的人。原本一片片飄落的雪花和雨水混合，變成了雨夾雪。等到天色漸暗、氣溫更低，說不定就會變成顆粒較大也較硬的冰珠，甚至是鵝毛大雪。

志勳回想起螢火蟲在窗外成群飛舞的晚上，瑪莉對他說過的話：

「志勳，你知道我和你在一起的時候最開心的是什麼嗎？就是不用說任何謊言。只要和你在一起，考試成績就變得不重要了，也絕對不會被問及和母親之間的回憶，也完全不用聊新買的包包或鞋子。你就是個……能讓我安心做自己的人。和你相處的那段時期，我雖然充滿祕密，卻不是個壞孩子，但是自從和你分開後，我就好像逐漸把自己摧毀……」

志勳知道當時瑪莉想說什麼，也曉得她為什麼要提這個話題。瑪莉的表情如釋重負，志勳卻像是一尊石像，全身轉趨僵硬。

「我一開始都只是說些小謊，等回過神來才發現，學歷、經歷、家人，統統都是我捏造出來的謊言。不，與其說是捏造，不如說我確實信以為真。所以當條件不錯的男子向我求婚時，我二話不說就答應了，當時我應該是把對方的家世背景當成晉升上流世界的機會。不過他現在已經向我提告，還在打官司，已經纏訟快一年，卻絲毫看不見盡頭。直到我來到韓國，才覺得終於能喘口氣，可能因為這是我出生的地方……」

瑪莉沒說的是，她其實是為了見志勳而來到韓國的。如果死前能見上志勳一面，再走上絕路也不遲。瑪莉抱著這樣的心情搭上飛機。如今她終於重拾活下去的勇氣。這些話她選擇隻字未提。

「志勳，這個蝴蝶標本禮物我就收下了，然後……我希望你可以把我當成偶爾拿出來翻閱的舊日記本就好了。」

「瑪莉，我……」

瑪莉用堅定的語氣繼續說：「只要能成為你人生中的回憶就夠了，我不是能成為你現在或未來的人。」

白雪正巧開始落在志勳座位後方的梅樹上，他一直怔怔盯著後院的遠處看，彷彿有人會從森林裡出現似的。世璘也隨志勳的視線望向遠方，目光所及是那條林間小路。志勳的背影如一部悲劇電影的結尾畫面，小書咖啡廳裡播放著充滿甜蜜氛圍的聖誕歌曲，但是世璘一點也開心不起來。

世璘陷入猶豫，看著咖啡早已放到涼掉卻不為所動的志勳，猶豫自己究竟能否向他搭話，也苦惱自己是否可以插手這件事。世璘想起了夏末初秋再次回訪小書廚房的瑪莉，視線自然地往櫃檯下方的抽屜深處看去。

＊＊＊

瑪莉在螢火蟲活動結束後十天左右，再次重返小書廚房。雖然已經接近小書咖啡廳打烊的時間——六點，但天氣依舊炎熱，就算突然下起雷雨也絲毫不會意外。

世璘一眼就認出小心翼翼推開大門走進店內的瑪莉。要是時禹在場，一定會熱情地上前迎接，但世璘只能做到盡可能地隱藏訝異的神情，這已經是她的極限。瑪莉變得比上次見面的時候還要消瘦，世璘將正在編輯的書籍簡介手冊檔案儲存後關掉，從位子上起身，以笑臉迎接瑪莉。

「歡迎！您是志動的朋友，對吧？」

「啊，原來您還記得我，您好。」

瑪莉害羞地微微低頭。明明只是穿一件白色T恤配牛仔褲，仍看上去清純優雅。

瑪莉鼓起勇氣說：「那個……請問還有在進行緩慢郵筒的活動嗎？」

瑪莉提起了書店在四月時舉辦過的活動，只要選一本書，再寫一封信給自己，書店就會在平安夜幫忙送達。活動反應熱烈，經常有人詢問。

世璘微笑回答：「我們對外是宣布活動已經結束了，但如果是志動的朋友，還是可以特別為您進行。」

瑪莉跟著世璘笑了。世璘認為瑪莉的笑容很像百貨公司櫃姐的標準露齒微笑。其實可以為她特別進行緩慢郵筒的活動也只是世璘臨時想到的說詞，因為世璘從瑪莉一開口提到這項活動時就早有察覺，瑪莉一定是有東西想要交給志動。身為浪漫劇粉絲的世璘，直覺知道自己注定要在這齣劇裡扮演稱職的綠葉，努力控制內心悸動，對瑪莉頻頻點頭。

「是這個……」

瑪莉從環保袋裡取出一本書。由於是用半透明的包裝紙包著，隱約能見書封。書名是以輕盈的手寫字體呈現，還有一隻展翅的鮮黃色蝴蝶，江國香織的繪本——《蝴蝶》[19]，包裝紙上寫著：「致我珍貴的朋友志勳」。

「請問可以指定在明年七月三十一日送達嗎？因為那天是志勳生日，那時候我應該就不在韓國了……寄件人請填昭陽里小書廚房就好。」

瑪莉告知完志勳的地址和聯絡方式後，點了一杯外帶冰拿鐵就離開了。她像是好不容易放下了心中大石一般，離去的背影顯得輕鬆許多。

＊＊＊

瑪莉的背影和志勳的背影交錯重疊。瑪莉明明交代世璘明年夏天才能將書送給志勳，不該在平安夜就給他。但世璘心想，難道不能給志勳一點提

19 原文書名：ちょうちょ，道聲出版社，二〇一五。

示？畢竟人生有時還是要靠一些希望才有辦法撐下去。

世璘猶豫了一會兒，開始製作熱可可，擠上份量減半的鮮奶油，因為她覺得志勳應該沒有那麼愛吃甜食。世璘在熱可可上撒滿肉桂粉，小小的核桃餅乾也用白色橢圓形的小碟盛裝。深咖啡色的熱可可和白色鮮奶油以及白色小碟，融合成小木屋隱藏在森林大雪中的氣氛。世璘小心翼翼地拿著裝滿熱可可的馬克杯，避免不慎灑出來，一步步往戶外移動。

雪勢愈漸增強，狂風大作，風吹得像是正在執行脫水模式的洗衣機，發出規律的砰砰聲響然後嘎然而止，又再次發出聲響。世璘走出小書咖啡廳，走到後方擺有長椅的庭院。被厚厚的積雪覆蓋的梅樹率先映入眼簾。

志勳不在位子上，原本坐著的地方尚未積雪，還留有圓形的痕跡。世璘把盛著小碟和馬克杯的托盤放在桌上，然後用雙手緊緊環住裝著熱可可的馬克杯。甜甜的巧克力香飄過鼻尖，熱呼呼的暖意也傳至她手指之間，世璘望向志勳剛才目不轉睛盯著看的林間小路，感覺夏天的螢火蟲還在那裡隱約閃爍。

世璘想起明年夏天預計送到志勳手中的那本黃色封面的書籍。瑪莉究竟留下了什麼回答給志勳？志勳讀完那本書，會最喜歡書中的哪一句話呢？世璘腦中只浮現出書裡的這句話：

蝴蝶來去自如，飛越昨天，穿過今天。

＊＊＊

娜允在平安夜下午一點多的時候，在住商混和大樓的家門前發現了一個郵局寄來的包裹。大部分人在平安夜都會選擇休假或者只上半天班，由於公司是採自由上下班制，所以員工來去自如，辦公室很早就變得冷冷清，只剩小貓兩、三隻。娜允在公司附近的咖啡廳外帶一份蔓越莓雞肉三明治，確認著比平日清閒許多的電子郵件信箱，坐在辦公室的座位上吃著三明治，並於中午十二點三十三分下班，畢竟也沒有什麼不能下班的理由。

娜允預計下午五點要去哥哥家和五歲姪女一起吃平安夜大餐。這位小公主說話還有點不順暢，但是可愛程度絕對直逼滿分。據說她在引頸期盼收到娜允姑姑要送她的《冰雪奇緣》的艾莎公主裝，甚至比聖誕老公公還令她期待。家人群組聊天室裡傳來一支影片——姪女綵恩跟著兒歌〈不能哭〉跳舞。綵恩的小酒窩總是能把姑姑娜允的心徹底融化。

娜允一回家就拆開包裹，裡面有著被氣泡袋包裹的《山茶花文具店》，以及當初寫給自己的信，信封上蓋有當初用封蠟章封口的蠟油，等待著娜允拆開。娜允先拿出拍立得照片，那是一張以昭陽里小書廚房為背景所拍攝的櫻花紛飛照，照片中還看得見暖陽灑落，櫻花像大雪般隨風飄散。那天的柔風彷彿又再度吹來，像棉花糖一樣鬆軟。

造訪昭陽里小書廚房的那個春天恍如隔世，明明只過了三個季節，娜允卻有一種墜入其他世界再通過一扇旋轉門繞回來的感覺。

娜允試著想像現在已經把昭陽里小書廚房當日常空間的世璘，偶爾和她通電話，聽到的話聲總是歡樂熱鬧，感覺話筒另一頭吹的是另一種質感的風。她自然沒有出席南于的婚禮，也不曉得世璘是故作開朗、還是受到昭陽里小書廚房的正能量影響，抑或是原本就生性開朗，不得而知。

娜允撕開封蠟，打開信紙，她原本心想，畢竟這是當初寫給自己的信，照理說已經知道內容，結果沒想到根本不是那麼一回事。那天在昭陽里小書廚房裡寫信的娜允，和今日的娜允早已是截然不同的兩個人，只有寫信當天的筆觸仍記憶猶新。

親愛的娜允：

聖誕節快樂！收到這封信的時候就是平安夜當天了，我現在身處櫻花漫天飛舞的季節，春暖花開，白天騎腳踏車根本不用穿風衣外套的天氣。

這是我第一次寫信給自己，所以可能會寫得有點凌亂，或者上句不接下句，不過就當是在寫日記，想寫什麼就寫什麼囉！最近心情好嗎？昨天接近嘶吼地合唱著〈櫻花Ending〉這首歌。週五晚上和燦旭、世璘一起臨時起意決定來旅行時，覺得好爽快，卻又有點感傷，究竟為什麼會感傷呢？我發現過去好像鮮少會關心自己的心情或者觀察自己的內心狀態。

不過……直到看見櫻花滿開、隨風飄搖的樣子後，反而讓我有點想哭，似乎是想到自己的二十世代也即將像櫻花Ending一樣一去不復返，諸如此類的念頭吧。假如按照現在的狀態一直生活下去，我能達到什麼樣的成就呢？

婚禮會以什麼樣的方式進行呢？現在就是個凡事且充滿未知的二十九歲。等到平安夜的時候，我心裡的這些複雜感受會有比較確切的答案嗎？還是又會被我無所謂地遺忘、帶著面無表情的面孔進公司上班呢？

四月，娜允

包裹裡有個出乎意外的小驚喜——一張明信片——上面不僅寫著大大的「平安夜邀請卡」字樣，還印有插畫家繪製的插圖。插圖上畫著一個寫有「人生食譜書籍處方」的看板，下方的窗戶裡有一群正在認真佈置聖誕樹的孩子。

平安夜，誠摯地邀請您來小書廚房敘舊！請記得攜帶一本最能凸顯您個人品味的書籍，或者能夠傳遞溫暖安慰與鼓勵的書籍一同前來。多餘的書將全數捐贈昭陽國小圖書館，所以若要帶一本以上也非常歡迎！就算只是帶著一顆溫暖的心前來也可以。為什麼呢？因為即將要到聖誕節囉！

下方則是用手寫字寫著這場聚會的詳細說明，一看就是世璘的字跡。娜允讀著底下的附註，不自覺地嘴角上揚。

P.S. 娜允！趕快準備出發了，怎麼還杵在那裡？

娜允認為，有些日子其實滿像這張邀請卡，在按照行程表行動的一天裡突然飛來一顆變化球。到底該照著原訂計畫，五點前抵達哥哥家和姪女一起吃晚餐，還是要去昭陽里小書廚房參加平安夜派對，這兩種選擇不停催促著娜允趕快下決定。

娜允拿出兩個手掌大小的焦糖色手提袋，把手機、小筆記本、Lamy鋼筆裝進去，然後打開衣櫃，取出最厚的一件深灰色羽絨外套開始撥電話。當時正值下午兩點，住處外的天空已經開始烏雲密佈，教人產生時間已晚、夜已深的錯覺。

＊＊＊

愈漸昏暗的昭陽里小書廚房外下著酷寒大雪。娜允和燦旭一走到庭院便率先看見披著小燈泡的梅樹搖身變成一棵聖誕樹。人們三三兩兩聚集到梅樹前，正在懸掛裝了信件與紙條的時空膠囊，梅樹旁的咖啡廳垂掛的布幕隨即映入眼簾。

歡迎來到小書廚房！

一、請推薦一本符合人生酸甜苦辣的書籍。

二、參與時空膠囊寫信活動，於明年聖誕節拆封。

三、捐書桌上的書可以隨意領取，一人限拿一本。

娜允和燦旭透過窗戶望進室內，眼前的景象使兩人瞬間睜大眼睛。

「哇，這裡的氣氛完全不同耶！」

「是呢，外面是冬天，裡面像夏天，室內是……夏季的聖誕節嗎？」

兩人推開門走了進去。用椰子樹佈置成的聖誕樹在一旁不停閃爍光亮，製作桑格利亞酒的桌子上則有冰塊相互碰撞的喀啦聲響。Moscato香檳酒放在冰桶中，檸檬也裝在籃子裡，呈現活潑開朗的鮮黃色，籃子上還貼著一張便條紙，寫著「檸檬蛋糕材料」。

「娜允——！」

「啊！世璘——！」

燦旭和娜允一走進小書咖啡廳，世璘便像一隻熱情的小狗奮力撲上前，一把抱住娜允。由於兩人的身高相近，互相摟著肩膀，像在跳強羌水越來[20]一樣不停地原地繞圈圈。

「喂！夠了，這裡這麼多人，快停止。沒有啤酒嗎？」

燦旭一開口就在找啤酒。世璘抬起頭，視線從燦旭的雙腳緩緩向上看，說：

「哇～李璨旭，今天有特別用心打扮喔！」

「他今天本來有相親，但是還沒見到對方就被甩了，哈哈哈！」

「相親？」

20 韓國全羅南道的一種民俗歌舞，二〇〇九年被聯合國教科文組織列入世界非物質文化遺產。

「嗯，你覺得他是會穿得這麼帥去上班的人嗎？」

「喂！崔娜允，都說不是被甩了，是對方問我可否改到二十六號再見面。」

「那不就是一樣的意思？」

三人嬉笑打鬧的過程中，娜允時不時偷瞄世璘，因為世璘在短短六個月內起了一些變化。首先是肌膚曬黑了一些，再來是可能有變瘦，因為她的下巴線條變得更明顯。

「世璘，你是不是瘦了？感覺和之前不太一樣。」

「會嗎？這裡沒有體重計所以不知道呢。每天拆那些裝滿書的包裹、整理庭院、準備餐點、洗碗，光忙這些事就沒空坐下來休息了，有點像是強迫自己運動吧，嘿嘿。」

世璘明明是在說自己充實忙碌的生活，卻展現出一種悠閒自得的氣息。

「對了，時禹跑哪兒去了？」

「他現在離不開廚房，因為要準備的自助吧菜色可不是普通的多，哈哈！我去告訴他你們來了，他應該可以露個臉。」世璘頻頻回頭查看廚房的方向，一邊確認還剩多少菜色待完成一邊回答。

燦旭看著世璘的舉動，眉毛挑了一下說：「哎唷！你們兩個簡直就是這裡的老闆夫婦嘛！」

娜允腦海剛好也閃過同樣的念頭，噗嗤笑了出來。世璘則是一臉根本不值得費力反駁的表情，無奈搖頭。

「要是能跟他譜出戀情，十年前就該有火花了，不是嗎？」

「欸，戀情本來就是不分時間場合隨時都有可能發生的，何況這傢伙還是屬於瞬間清醒、火花四射的那種類型。」

隨著娜允也來湊一腳，世璘露出無望的表情苦笑回答：「哈囉？大家都醒醒吧！先在這裡吃個飯，知道嗎？我還有其他事情要做。對了，你們今天都要留下來住一晚喔！ＯＫ？」

世璘完全沒有給燦旭和娜允回答的餘地，直接起身小跑步去找其他工作夥伴談事情。大夥兒都在忙著招待客人、端送食物、清洗碗盤、整理裝飾用品的擺放位置等。

娜允和燦旭起身緩緩走向自助餐檯，娜允夾了一些燉排骨、鮭魚沙拉和炸薯條放入盤中，並拿了一杯咖啡準備走回位子上，燦旭則站著一動不動，注視著桌子右前方的某樣東西。

「這是什麼……？怎麼有點眼熟？」

那是一處陳列筆記本和環保袋等商品的區域，其中有以昭陽里小書廚房的庭院為背景，三隻白色博美狗在跑跳玩耍的畫面畫成插圖的筆記本。除此之外，還有一對情侶坐在小書咖啡廳各自沉思的樣子，以及老夫婦面帶微笑挑選書籍的模樣，都以插圖的方式呈現在明信片和環保袋上。

「喔，這是世璘畫的插畫！」時禹突然從身後冒出來對他們說。

娜允的眼睛瞬間睜大，問：「真的嗎？」

燦旭也感到不可置信。

時禹點點頭，面露親切笑容。

「哇，閔世璘現在簡直成了插畫家嘛！」

娜允和燦旭把臉湊近世璘親手繪製的商品仔細端詳，然後不約而同地望向世璘所在的方向。世璘正巧也望向他們，面露燦爛笑容，把手舉到超過頭頂的位置，對著他們揮手，就像四月春天時那樣。

「本來是為了在社群平臺上做宣傳而畫的，沒想到反應還不錯，就開始做成周邊商品，明年起也會嘗試在網路商店上販售。」世璘悄悄加入他們，吹涼熱可可，一派輕鬆地說。

娜允用充滿崇拜的眼神看著世璘說：「哇，真的好神奇，看來要先跟你要簽名才行了。不過話說回來，你真的太少跟我聯絡了吧，有這麼喜歡這裡嗎？」

「要是真的那麼喜歡，我早就每天打電話給你炫耀了！住在森林裡能做的事情還真不多，也不好意思抱怨自己好孤單，只好埋頭工作囉！」

「喂，閔世璘，你這樣說就太讓人難過了喔！這裡有這麼多活動和有趣的事情耶，嗯？」時禹故作生氣地怒吼。

「天啊，這要是被人看見還以為你們兩個在搞曖昧了。」娜允順水推舟補了一句。

世璘搖搖頭，一副無言以對的神情，「什麼曖不曖昧的，我們現在是共患難的盟友。」

燦旭以中低嗓音補充道：「那不就是……真正的家人……？」

娜允和燦旭絲毫不顧無語的世璘和時禹，在一旁不停竊笑。

坐在窗邊的四人望向庭院。開闊的庭院下著細雨般白雪，一名年約五歲的小孩像初見下雪的小狗一樣興奮地跑跑跳跳。那是個身穿格紋大衣，裡面是紫紅色絨毛洋裝的小女孩。她臉頰泛紅，簡直就像一棵小小聖誕樹。孩子回頭望向自己的母親，像是在炫耀那身洋裝似的轉一圈，笑逐顏開，頭上綁的辮子像海浪輕輕甩動。

娜允看著小女孩想起了姪女綵恩，說：「我其實無法想像自己養小孩。」

「是啊，來這裡的孩子都很可愛，但每次只要看到他們倔強地鬧脾氣、崩潰大哭，我就有點害怕。還有一些媽媽會因為孩子離不開自己而不能放心地去上廁所。每每見到這種情景，我都會想自己究竟能否承擔得了。」

燦旭雙手抱胸，身體向後倚靠說：「孩子倒不是問題，就如我之前說過的，我比較不確定自己能否結婚，總覺得還是好久以後的事情。」

時禹將桑格利亞酒一飲而盡，說：「我也是，感覺在我的人生腳本裡出現結婚生子應該會在兩百年後。」

娜允點頭苦笑。此時，室內傳出小聲的華爾滋舞曲，宛如電影開場時會使用的背景音樂，也像即將展開全新故事的前奏曲。

「喔？這是我非常喜歡的爵士樂耶！我們老闆每天都會播，你們聽聽看。」

四人聽著音樂，不約而同地將視線停留在窗外的女孩和母親身上。夜幕低垂的庭院裡，裝飾著燈泡的梅樹靜立在一旁，咖啡廳裡的燈光如舞臺照明，照亮著孩子和母親，簡直就像在看一部MV。

In the sun she dances
To silent music-songs
That are spun of gold
Somewhere in her own little head.
Then one day all too soon
She'll grow up and she'll leave her doll

And her prince and her silly old bear.
When she goes they will cry.
As they whisper good-bye
They will miss her I know
But then so will I.

陽光下，少女和安靜的音樂一同漫舞，
跟著她小腦袋裡某處不停繚繞的旋律。
轉眼就會長大的少女，將與玩偶漸行漸遠，
少女的王子、相處已久的熊玩偶也一樣。
少女離開時，他們會哭泣，然後低聲說「再見」，
他們都會想念少女，我也是。

娜允想著姪女綵恩。五歲的綵恩也即將從這世界上消失，六歲、七歲、八歲……然後等到二十歲全新的綵恩登場，五歲的綵恩就只會存在於照片與影片當中。成為大學生的二十歲的綵恩，將不再記得自己曾用嘴巴去接從天

而降的雪花，也不會記得五歲時說話口齒不清、舌頭打結的自己。回憶只會永遠留在看著綵恩長大的周遭人士的腦海裡，如底片相機裡未能沖洗出來的照片。一想到這裡，娜允就有種喉嚨下方突然被人用力按了一下的感覺，不禁悲從中來。

世璘開口說：「我應該也有那樣天真浪漫的時期吧？為什麼兒時的記憶會完全想不起來了呢？」

燦旭像是在伸懶腰似的把雙手高舉向上，然後再突然放下，把視線從孩子身上移開。

「就是說啊，神為什麼要把人設計成這樣呢？為什麼要讓人遺忘自己小時候的記憶？」

娜允將腦海中突然浮現的念頭說了出來：「其實我在想，神說不定是時空膠囊的愛好者。」

「時空膠囊……？」三人望向娜允，異口同聲地說。

「對啊，說不定我們是打開了三十歲左右的時空膠囊。就是在我們五歲左右的時候，父母埋藏於心底的信件。我相信他們一定記得我自己早已遺忘的那些因為軟弱、無能而可愛的瞬間，他們凌晨三點起床幫我換尿布，耐心傾聽無數次簡直和外星文沒兩樣的奇怪發音，有時還要安撫像氣球爆炸一樣突如其來的哭鬧不休，並用眼睛記錄下我從小把玩的小熊玩偶，將那些回憶收藏於心。然後隨著時間流逝，輪到我為人父母的時候，才能終於理解他們當年的心情，也就是原本沉睡的時空膠囊被拆開的時機。」

世璘手握馬克杯，點頭同意道：「這裡有許多家庭來訪，有時我看著他們吵吵鬧鬧的樣子，都暗自心想這就是在累積愛的印記，也許我們都是仰賴愛人或者被愛的印記而活下去的。」

「仰賴愛的印記而活下去……哇，閔世璘，你簡直就是詩人！」

燦旭調皮地撥亂世璘的頭髮，開懷大笑。

娜允感覺眼前頓時一片明亮，究竟該開一間馬卡龍甜點店還是繼續認份地進公司上班，這些問題一點也不重要了，真正重要的是，領悟到自己是備受關愛的不完美存在，以及承認其他人也是值得備受關愛的不完美存在。行走在寒冬中，能夠融化冰冷雙腳的那份溫暖，能夠承受別人批評謾罵的勇氣，以及強忍住接二連三的失敗和拒絕度過一天的忍耐力，這些都是憑藉這輩子受人關愛所留下的印記而變得可能。因為人不完美，而愛卻是完美的。
昭陽里小書廚房裡播放著輕快愉悅的聖誕歌曲，每桌幾乎都坐滿了人，剛才和媽媽嬉鬧的小女孩正在和爸爸用紅蘿蔔裝飾小雪人的尖鼻子。

＊＊＊

韶熙停好車，將車子熄火。下車前，她查看了一下自己的打扮，銀色耳環配上黑色高領毛衣格外亮眼。她深呼吸，調整呼吸節奏，提著放在副駕駛座的大紙袋和小托特包走下車。車門喀擦一聲上鎖，接著是自動收起兩側後照鏡的聲響，不知為何，這些聲音彷彿在告訴她一切都會順利，為她加油。

韶熙小心翼翼地走進正在飄雪的昭陽里小書廚房庭院，天色已暗，但庭院內像是昇起了第二顆太陽，氣氛很熱鬧。一片積雪的庭院裡，有兩個小雪人，也有用燈泡裝飾的梅樹，接著映入眼簾的是如紅寶石般耀眼奪目的山茶花。韶熙突然意識到自己的耳環其實滿像那雪中的山茶花，不禁莞爾，覺得黑色高領毛衣也沒有那麼令人窒息了。韶熙深呼吸，決心再次鼓起勇氣，朝昭陽里小書廚房走去。

韶熙出院的那天是和現在徹底相反的時節——夏季——夏日花卉盛開的八月。辦理完出院手續後，回家的路上蟬聲唧唧，即便搖上車窗，依舊聽得見竭力嘶吼的蟬鳴，像是在慫恿韶熙趕快回到忙亂無章的日常一樣。

回到家小睡片刻、吃過晚餐，外頭還是像大白天一樣明亮，明明都已經晚上七點，卻依舊殘留著白天的炎熱氣息。韶熙身穿灰色高領無袖薄上衣出門散步。高領上衣對韶熙來說是在宣告一段過程走向結束的標誌，因為她正在和甲狀腺癌分手。韶熙的頸部和胸口交界處還留有弦月形的手術疤痕，雖然被高領上衣遮住，但每當她看見掛在衣架上的高領衣，都會不禁想起住院的那段時期。

耳環是在毫不猶豫的情況下買的——在夕陽即將消失的傍晚，位於散步道路上的一間小卡車攤販。落日餘暉下的銀色耳環，如酷熱沙漠中的一朵花，呈現花瓣盛開的形狀，正中央鑲有圓滾滾的珍珠，花瓣末端還微彎，相當逼真。

戴上耳環的自己和之前是截然不同的兩個人，不是隱藏的標誌，而是顯露的標誌，宣告著她從冰冷手術室裡平安回到炎夏世界的標誌。韶熙這下才想起，當時購買的這副耳環正是盛開在冰天雪地裡的山茶花形狀，有一種被昭陽里小書廚房輕拍著說「歡迎歸來」的感覺。

「喔，韶熙小姐！這是怎麼回事，我還以為您不能來呢！」

韶熙略顯乾尬地走進去，柳真一個箭步向前，熱情迎接，已經喝了一杯桑格利亞酒的柳真身上隱隱飄散著酒氣。

小書廚房和去年夏天韶熙來訪的時候又是截然不同的氛圍。嘻笑喧鬧的聊天聲和餐具碗盤相互碰撞的聲響同時傳來，餐點氣味像是在緩和韶熙的緊張似的環繞在她周圍。韶熙想起之前在昭陽里小書廚房吃過的餐點，熱騰騰的牛肉蘿蔔湯、炒大醬拌飯、豬肉泡菜鍋……每次只要凌晨從惡夢中甦醒、對即將到來的手術感到害怕時，她就會想到早上天亮後要吃的熱呼呼早餐，那是韶熙一心渴望的理想家常菜。只要想著下一次的早餐菜色，她就能再次緩緩入睡。

「我來晚了吧！你們都好嗎？」

韶熙面帶微笑，說出了過去一直很想說的話，並用眼神又補了一句：

「我好想念這裡，即使這是我當初揮別沉重與恐懼的地方。」

雖然不確定柳真是否有讀懂韶熙的眼神，但她臉頰略為泛紅，趕緊幫韶熙帶位，接著也一屁股坐到韶熙的座位旁邊。兩人首先需要一段坐著仔細端詳彼此的時間，柳真其實很想問韶熙現在身體是否已經康復、甲狀腺癌是否已經治癒，但她再次思考後，覺得站在韶熙的立場，就算手術成功也不代表所有過程已經結束，畢竟心理上還需要一些緩衝的時間。柳真奮力地點著頭，把一個深灰色的陶盤推向韶熙，那是個不輕的盤子。

「來！先吃晚餐，一路開車過來這裡很累吧。」

柳真提高了音量，比平時再高亢一些，似乎是不想被音樂和其他人的嗓音蓋過。韶熙想起夏天時在爵士樂音樂祭上大聲歡呼、和素未謀面的陌生人擊掌喝采的回憶。清新的綠草和花香、雨滴答答落在雨衣上的感覺、所有人像約好似的直到天黑都不肯離開表演現場的那份感動，以及和亨俊、柳真在小書咖啡廳裡聊到深夜的回憶，全都歷歷在目。

「好餓喔，不知道我們偉大的主廚又做了哪些好吃的食物，真期待。」

韶熙開朗地笑著，將一只大紙袋遞給柳真。

「哇，這些都是書嗎？總共有幾本呀，天啊！」

「我看你們寫說願意收下捐贈的書籍，所以我就挑了幾本帶來，嘿嘿。」

柳真笑出酒窩，埋頭查看紙袋內部。瞬間，她停下了動作，面露驚訝地抬起頭。

「這是什麼？」

柳真的視線停在一本看起來有些特別的書上。書籍呈正方形，開本較大，相當引人注目，感覺是用A4紙的長邊做成的正方形，乍看之下也像一本相冊，但是從紙材來看明顯不是收藏照片用的。書封用絨布包裹，中間還有一個宛如鏡子的橢圓形，並以金色蕾絲環繞，任誰看都會認為這是一本手工書。

鏡子形狀的位置有一名少女坐在屋頂上賞月，屋頂旁有一個小煙囪，屋頂是用紅磚色和金色塗成，有點像是撒了金粉的紅屋頂。月亮在左上方的夜空中面對著少女，但不是一枚彎月，而是滿月被削去一點點的尷尬形狀，不過還是會教人聯想到滿月。少女的表情沒有描繪得非常精細，但是透過坐姿和臉部角度推測，應是平靜祥和。書封右上角和左下角以充滿聖誕節氛圍的紅綠色條紋緞帶綑綁，還有適合五、六歲的小女孩戴的桃紅色蝴蝶結，貼在書封右側。

「這……是我的第一本童話故事書。」

柳真瞬間睜大雙眼，韶熙則一臉羞澀地連忙解釋道：「不是做來販售的啦，只是為了紀念待在昭陽里小書廚房的那一個月而製作的，當成是送給我自己的禮物。因為當初是以在這裡盡情閱讀、寫日記的心情來的，但就在下著梅雨的那天晚上，從那天起，我待在這裡的期間，內心深處就一直有個小女孩在向我搭話，問我要不要展開一趟冒險旅程。」

韶熙回想起夏日豔陽大片灑入室內的寫作工作室，第一次提筆寫下索菲亞故事的那份感覺又被重新喚醒。

「這孩子名叫索菲亞，是經營月光書店的小小魔法師，也是立志想當書店工作者的學生。索菲亞從那些來訪月光書店的魔法師口中得知各種有關神祕世界的故事，然後穿梭在時間和空間當中，從陌生之地尋找魔法書並帶回來，這就是她的工作。在萬里無雲、滿月高掛的夜晚，她可以移動至不同次元的世界，只要在二十四小時內回來即可。然而，因為她犯下的失誤實在太多，所以尚未取得正式的魔法師書店工作者資格。不過，就在聖誕節即將到來的滿月晚上，索菲亞不在書店裡的期間，店內竟然遭了小偷，導致聖誕節預計配送的魔法書統統不見。至於接下來的內容可能就要請您自行閱讀了，哈哈。」

「哇，真的假的？天啊……」

柳真把書緊緊擁入懷中，眼眶泛淚地抬頭看了天花板一會兒，最後直接給了韶熙一個擁抱。有些情感難以透過言語表達，只能透過撲通撲通的心跳和熱淚盈眶來盡可能傳達。韶熙從柳真的擁抱中感受到她的真心，韶熙從不流淚，卻可以感受到頸部下方手術疤痕的某處正湧現悸動之情。

韶熙輕撫柳真的背部說：「哎唷，哪有人都還沒讀過故事就先感動的啦！哈哈。」

「唉，就是說嘛，可能是今天酒喝多了？哈哈哈！」柳真噙著眼淚不停傻笑。

這時，恰巧傳出節奏輕快的艾迪．希金斯的〈Let It Snow〉演奏曲，坐在另一桌的客人再次哄堂大笑，像瀑布聲傾洩而出。韶熙微笑地走向擺滿餐點的桌子，用盤子盛了一些焗烤馬鈴薯和起司飯捲。而柳真則趁韶熙去拿食物時，將書上的緞帶拆開，並且小心翼翼地不讓封面上的蝴蝶結鬆脫，翻開了硬挺又厚實的書封。

前言

索菲亞對於五歲那年夏天在月光書店裡發生的一切還記憶猶新。那是個黃色滿月高掛的夜晚，有人走進了矗立在雲朵下的魔法書店。叮鈴，索菲亞聽到書店門被人推開，抬起頭看。

就在此時，排滿書籍的層架上，突然顯現一本書，彷彿從很久以前就在那個位子上一樣，甚至還披了一層薄薄的灰塵。索菲亞眨了眨眼睛，定睛細看剛才突然冒出來的書籍若無其事地安插在書堆裡，然後睜大了眼。因為如被施了魔法般登場的這本書，中間一度失去光彩，忽明忽暗，彷彿要消失不見。雖然只有短暫三秒鐘的時間，但因為書櫃層架和索菲亞的視線平行，所以她眼睛一下都沒眨，目不轉睛地盯著看，最後那本書還是繼續立在層架上。

剛才走進書店的客人在店內徘徊許久，最終，他買走了那本突然顯現的書籍。索菲亞將此事告訴母親，可母親始終無法理解索菲亞究竟在說什麼。

直到二十五年後，這個祕密才終於揭曉。

「那是我的失誤。」

立志成為魔法師的艾莉絲姊姊故作鎮定地說著，然而，她的眼角早已透露挫折的影子。由於正逢客人遇見人生書籍的重要時刻，魔法師協會預先施了讓人生書籍顯現的魔咒，但是艾莉絲姊姊竟唸了消滅魔咒的魔法。最終，是哈莉特老師連忙施了把書重新歸位的魔法才得以解救。當時艾莉絲姊姊才九歲，所以大家都沒有太過苛責，但是姊姊的華麗失誤也從那時逐漸萌芽……

「哇，好有趣喔！」不知何時湊過來的亨俊也在一旁一同讀著這本書。韶熙走回來，開朗地向亨俊打招呼。

「什麼時候還做起書來了啊？律師大人，時間變多了喔？」

韶熙害羞地吐舌說：「只是興趣而已。每天閱讀書寫那些冰冷生硬的文句，就會教人想要寫寫看感性有溫度的句子。」

「哇，崔韶熙小姐！好久不見！」

「您還記得我喔？好厲害！」

韶熙對於時禹的態度依舊陽光開朗感到很開心。因為他的嗓音聽在先前正值意志消沉的韶熙耳裡，簡直就像碳酸飲料，充滿活力的氣息。

時禹咯咯笑著，大聲回答：「您可是來這裡住一個月的客人呢，我怎麼可能忘記！而且您就是出現在亨俊寫的歌詞裡的那位最短距離，對吧？」

「最短……什麼？」

「唉唷，哥！那個……」

韶熙滿臉疑惑地望向亨俊，亨俊慌張地連忙阻止時禹繼續說下去。然而，沒有人能阻止得了講話像饒舌一樣快的時禹。

「啊，亨俊！你還沒告訴韶熙小姐這次參與ＯＳＴ專輯作詞的事情嗎？」

「哥，都還沒確定會參與……」

「都已經做出試聽樣本了，怎麼可能還不確定！你喔，做人太謙虛是不行的喔！身為社群平臺的行銷負責人，那邊那個投影設備怎麼會設置成那樣啊？」

時禹不曉得是在點頭還是幹嘛，用下巴隨意指向了某處，接著朝掛在牆壁上的投影布幕所顯示的灰色畫面走去，離開了現場。韶熙看著支支吾吾、不知所措的亨俊忍不住笑出來。亨俊剛好很適合這種帶點小委屈的表情。

「嗯，所以……您為一首歌填了詞，對嗎？我也很好奇呢，如果有試聽樣本的話真想聽聽看。不過，最短距離是歌名嗎？」

「最佳路徑才是歌名……吼唷！時禹哥，真的是……！」

亨俊漲紅著臉，視線盯著地板。韶熙想起去年夏天下著雨的那個晚上，面露歡愉的笑容。柳真則是毫不在意周遭的人在說什麼，獨自沉浸在韶熙寫的童話故事裡。

＊＊＊

「大哥！我還以為你不能來呢！」

時禹熱情聒噪的嗓音從柳真背後傳來。原本正在閱讀童話故事書的柳真下意識地回頭張望，剛巧看見時禹臉上洋溢著調皮的笑容，嘴角上揚，接著張開雙臂，似乎在對柳真說些什麼。然而，柳真從那時起就再也聽不見任何聲音，她的視線固定在大門口，眨了好幾下眼睛。

大門口站著身穿深灰色克什米爾長大衣的閔秀赫，和初次見面時一樣，面帶略為害羞的表情。柳真一見到那表情，便再次感覺自己彷彿站在過去的某個時間點上——紅酒和咖啡混著喝的秋夜、二樓露臺、看著夜空中鑲嵌著閃閃發光的繁星閒聊的那些話題、溫暖的栗子觸感、湖邊水霧逐漸蔓延使得陽光朦朧的清晨。

柳真緩緩走向秀赫。秀赫將一只白色紙袋放在地上後，脫去靛藍色手套，朝時禹和柳真喊道：

「冰酒送到了喔！絕對適合配小點心。」

秀赫對著一臉呆滯站在面前的柳真揚起微笑，他的中低嗓音依舊如初，修長的手也和之前一模一樣。然而，柳真看著秀赫卻明顯感受到不同了，雖然難以明確指出究竟哪裡不同，但是整體看上去就像卸下了一層透明防護網似的，放鬆許多。

時禹興高采烈地笑道：「喔？大哥，您戴眼鏡了啊？本來不是沒戴眼鏡嗎？」

「因為我正在執行一項計畫——體驗別人的人生，所以特地買了一副沒有度數的眼鏡來戴。我記得有人說過……像小說裡的主角徹底變成另一個人，過著截然不同的第二人生其實也滿酷的。」

「啊？那是……」

秀赫的視線越過滿臉疑惑的時禹，望向他身後的柳真。柳真這下才終於忍不住噗嗤笑出來。掛在靛藍色手套上的小金飾在搖擺晃動。

秀赫有好多話想對柳真說，卻不知該從何說起。泛紅的眼角、冰酒、下雪的墓園畫面頓時在腦海中一幕幕湧現。

＊＊＊

母親過世後，這是秀赫第一次來掃墓。其實要找到母親的墓不難，畢竟還沒有到雜草叢生的程度，而且過去每逢年節都會來祭拜，所以這座墓園也被秀赫的身體記憶著。一層薄薄的烏雲底下開始灑落雪花，秀赫痴痴地望著母親的墓。他原本擔心自己來到這裡會崩潰、嚎啕大哭，所以遲遲沒來。但是站在飄著雪花的墓前，他的心情反而格外平靜，生和死被打包成一組，平靜地收整好。雪勢逐漸增強，秀赫撐起雨傘，沿著通往下方的道路行走，路上看見一名沒有撐傘的男子朝他迎面而來，正準備走往墓園的方向。秀赫沉浸在自己的思緒裡，與男子擦肩而過時，男子突然站到了秀赫面前，迫使他停下腳步。

原來是父親。秀赫有些錯愕，後退了幾步。沒有隨行秘書、沒有撐傘、淋著雪站在他眼前的父親著實有些陌生。秀赫猶豫著該說些什麼，感覺最後一次對父親說「聖誕快樂！」已經是二十年前的事了，以「您也來了？」簡單問候好像也有點尷尬，畢竟這裡是亡者的聖地。秀赫不知所措地站在原地，這時才注意到父親手裡提著一瓶冰酒。由於是裝在滿是冰塊的香檳桶裡，只看得見軟木塞和瓶頸，但是秀赫一眼就認出那是母親生前喜愛的冰酒。

然後秀赫接著想起，只要是母親聽著爵士樂製作蘋果派和餅乾的日子，父親就會在晚餐後取出冰酒，兩人吃著蘋果派配冰酒一路聊到深夜。父親的眼神總會像春天一樣溫柔，母親則是一邊開心地笑一邊拍打父親的臂膀。秀赫這時才發現，原來自己只記得一半的母親。母親做的餅乾不只是為了給秀赫和妹妹吃，也是為了和心愛的丈夫小酌而做的。

母親在製作餅乾的期間一直都很愉悅，秀赫原以為是甜甜的餅乾麵糊氣味所致，沒想到只答對了一半。父母的新婚旅行是去多倫多和周遭的酒莊，母親當時瘋狂愛上了冰酒，所以每當母親心情鬱悶或煩躁時，父親就會買一瓶冰酒回來。因此，冰酒對他們來說是和解的舉動，也是兩人愛情如火的象徵。

「爸，那個……是冰酒嗎？」

父親不發一語望著秀赫，默默低下頭看了看手上提著的香檳桶和冰酒。雪花一落到香檳桶上便立刻溶化消失。父親點了點頭，露出淺淺微笑，不及不徐地回答：

「秀赫，你……你的眼睛……還真是遺傳到你媽，一模一樣。」

父親的嗓音隱約分岔，帶著幾分悲傷。秀赫抬起頭，目不轉睛地看著父親的眼睛，眼角早已泛紅，他聽見父親的心在淌血，一片白茫茫的雪地上瀰漫著濃濃的思念之情。那不是冰冷單調的企業家面孔，也不是巨大、理性、完美的神，就只是一名獻上人生所有、瘋狂愛過的癡情男子。

秀赫終於明白，父親多麼深愛母親。他也終於知道，過去未經父親同意便擅自遠赴海外留學時，父親為什麼會出乎意外地沒有生很大的氣；未經深思熟慮的投資最後淪為一場空時，隱藏在父親憤怒裡的那份惋惜，他這下才終於看見。秀赫原以為，父親總是在暗中評價他，但其實父親是用內斂的方式在愛著兒子。然後在平安夜當天，父親從秀赫的樣貌中看見了母親的影子，他心愛的女人，以及傳承了女人的善心和眼神的兒子……

「你這小子……平安夜怎麼不去約會？」父親依舊看著秀赫的眼睛說。

秀赫像是突然回過神來，走近父親為他撐傘。耳邊傳來雪花落在傘布上的聲響，宛如鈍掉的筆尖在噗噗敲打。

「爸，你才是，連個傘都不撐在這裡淋雪幹嘛？」

父親的嘴角微微上揚，秀赫也故意把頭撇開，視線轉向和父親不同的方向，淺淺一笑。父親像是歎氣似的吐出一口長氣，白色煙霧在雪花間緩緩散開。

「秀赫啊……記得找個可以和你促膝長談、分享心事的對象，只要能讓你說出心底話、陪你徹夜聊天，就是對的人。你爸我啊，活到今天的心得是，華麗的時期終會過去，狂野的熱情和歡喜的瞬間也都會失去光彩，唯有故事是永恆的。因為故事會一直留在心中，不會磨損也不會破碎……」

父親像是回憶起和母親聊過的那些故事，緩緩閉上眼。微風溫柔地吹來，身體彷彿被風擁抱。

＊＊＊

秀赫的靛藍色手套上還留有白雪溶化的痕跡。昭陽里小書廚房的庭院依舊是雪花漫天飛舞。秀赫拿起放在一旁沉甸甸的紙袋，看向柳真說：

「我知道一個非常適合喝冰酒的地方，要一起去嗎？」

白雪皚皚的水杉林蔭道路，看上去就像聖誕樹部隊排成一列的樣子，往兩側展開的水杉像張開雙臂紛紛伸出修長的樹枝，光禿禿的樹枝上則有積雪覆蓋。積雪的路面上不見任何腳印，平整無暇地展開，雪白的樹木在路燈的照射下變得橘黃。

冰酒香甜，略有苦澀。由於找不到適合的酒杯，只好先拿義式濃縮咖啡杯來用，沒想到深色的冰酒倒出來也頗像咖啡。柳真坐在長椅上，舉起義式濃縮咖啡杯到視線的高度，對秀赫說：

「以前我爺爺親自磨過咖啡豆、沖泡咖啡給我喝。當時我剛上大學一年級，比起馬格利米酒，爺爺反而先教我喝咖啡。他告訴我，人生一定會遇到感覺像苦水的時候，但即便再苦澀，也要記得總會有雋永的時刻。就算初嚐咖啡時不懂這玩意兒到底哪裡好喝，只要等你了解到一杯用心沖泡的咖啡的滋味，便能從隱藏在苦澀裡的祕密體會到人生的奧祕。」

秀赫望著咖啡杯點頭道：「是啊……我覺得自己一直汲汲營營於逃避人生的苦澀，每當遇到失敗與挫折形成的山谷時，我都不曉得要如何承認並接納，所以在母親過世之後，我從未去她的墓前見見她。」

柳真想起天降初雪的那天，對於秀赫的近況不禁感到好奇的自己。她目不轉睛地盯著秀赫的側臉看。

「我今天去了母親的墓前，因為前幾天是她過世一週年，走下山的路上巧遇我父親，他叫我要找一名聊得來、可以彼此分享故事的女生，因為故事會一直留在心中……」

秀赫停頓了一下，然後緩慢說道：「我也是在那時才突然發覺，自己已經有想要徹夜聊天的對象……」

柳真和秀赫四目相對，柳真緩緩點頭，表示願意聽秀赫把話說完。

雪花漫天飛舞，柳真感覺自己彷彿進到了一顆大雪球裡。最後，秀赫說出了自己的故事，從冰酒和父親、延禧洞小巷和母親，到朋友的背叛與成為音樂劇導演的夢想、毫無意義的辦公室生活，以及母親的離世……

柳真也像回應似的分享了自身的故事，充滿強烈競爭意識的年輕時期、職業過勞與創業、和要好的前輩變得疏遠、馬耳山的雲海和日出、待在昭陽里小書廚房的時光……

雪花一片片飄入冰酒，浸泡，融化。風雪交加，世界卻彷彿披上了一層毛茸茸的羊毛，給人溫柔的感覺。

柳真喝下一口冰酒說：「曾經有人告訴我……梅樹是春天最先開花的樹木，率先表示自己通過了漫長的寒冬，所以我才會想到要把昭陽里小書廚房裡的梅樹佈置成聖誕樹，因為總覺得聖誕樹是在為寒冬中的人們送上一份溫暖的心意。彷彿在鼓勵我們，即使在苦澀的咖啡裡也有雋永的人生韻味，要提起勇氣好好度過全新的一年。」

秀赫會心一笑，拿起裝著冰酒的杯子輕輕往柳真的杯子碰了一下，發出清脆的聲響。柳真也看著秀赫的眼睛，面帶微笑。

「Merry Christmas。」

「Merry Christmas。」

當兩人坐在水杉林蔭道路的長椅上聊天至深夜的期間，昭陽里小書廚房來了一群不速之客——不知從何而來的野貓兩、三隻，像是走進自家花園似的在庭院裡遊走徘徊。轉眼間，雪停了，一輪明月從烏雲間探出頭來，散發朦朧的月色。梅樹上掛著一串串時空膠囊，膠囊裡收藏著大家的心願、期待、惋惜與苦痛，一顆顆燈泡如繁星閃爍。這是個空氣中飄散著檸檬蛋糕酸甜香的夜晚。

尾聲一

# 星光和輕風駐足的時間

夏威夷的白天浪漫華麗，幾近完美。豔陽像聚光燈下的超級巨星，被粉絲簇擁。藍得超乎想像的天空、飯店寢具般潔白無瑕的棉絮雲、完全不需要打開相機濾鏡的清新空氣，還有往天空無限伸展的椰子樹、適度奢華的各式料理餐廳，多仁覺得自己彷彿置身地球上的某個小小天堂。

然而，多仁更喜歡夏威夷的夜晚，晚上的海邊與其說像充滿魅力的女人，不如說像親切溫暖的奶奶。海浪聲像隱約的香氣從窗戶縫隙間傳來，一打開窗戶就有大海的氣味。多仁將頭髮綁到一側，走到戶外露天陽臺。那是個一片漆黑的夜晚，正值晚間十一點，天空不見星星，月亮偶爾從烏雲間露臉，模糊地告知自身位置又再度消失。多仁站在露天陽臺上俯瞰大海，海浪不斷拍打上岸，破碎成白色浪花和泡泡後又消失不見，不停反覆。

多仁停頓片刻，拿著原子筆把玩了一會兒，總覺得接下來會有一種情緒湧現，如沿著湍流而下的小船一樣失去控制。她的內心開始動搖，不停呼喊還需要一些時間。然而，不能再拖了。多仁想起了來夏威夷之前在昭陽里小書廚房看到的夜空，於是抬頭仰望夏威夷的夜空，她可以感受到烏雲上方依舊閃耀的星星。多仁短歎一聲，用心傾聽海浪拍打的聲音，重新感覺風的撫觸，並再次提筆——彷彿手中的筆是電話線般，可以連結奶奶和自己。

親愛的奶奶：

奶奶，這裡是夏威夷。現在可以聽見夜晚的海浪聲，像極了山脊上的風聲。每次只要有風從昭陽里山腳「唰——」地吹來，樹木就會像是在打招呼一樣奮力搖晃樹葉，發出沙沙的聲響，然後草綠色、深綠色、黃色、碧綠色的樹葉也會像湖水被陽光照射得波光粼粼，閃閃發光。

每次只要回奶奶家，我就喜歡聽著海浪聲般的風聲，然後在大廳外的簷廊上聽到睡著，醒來後，也會看見您坐在我身邊處理豆芽菜或大蒜，有時也會看見您在望著隨風搖擺的樹木。您都會察覺到我已經睡醒，對我微笑。

只要聽到海浪聲，我就會感到無比安心，即便是一片漆黑的夜晚海邊，只要有海浪聲就能安穩入眠。因為海浪聲裡蘊含著您的心意，會讓我想起您美麗的側臉，說不定海浪還能把我的心意傳遞給您也說不定。

我這次有去奶奶家喔！是在您住進療養院之後第一次去那裡。我沿著蜿蜒曲折的公路繞來繞去才抵達您心愛的昭陽里。據說原本的韓屋已經賣掉，在下面那個村子改建成韓屋飯店，還有我小時候玩躲貓貓最愛躲的那座倉庫也不見了，您生前住的那塊地上也進駐了幾棟陌生建築。

但是昭陽里的風依舊如初，當它「唰——」地吹過，感覺就像您在溫柔地撫摸我。柿子樹也依舊如初，讓我想起您為了做柿餅而在韓屋的屋簷下曬著一串串柿子的畫面，也想到小時候我模仿松鼠爬上柿子樹卻不慎墜地的情景。

那天，我在昭陽里望著夜空，感覺有一段神祕古老的時間在俯瞰著我，而我也彷彿置身小宇宙裡游泳一樣，星光成了寧靜的一縷微風，對我耳語：「因為有心愛的回憶而倍感幸福」、「即便日昇月落數千萬次，也有人能讓自已如此懷念、疼愛、回憶，所以心存感謝」，我相信那一定是您的心意。

其實我一直不敢和您做最後的道別，總覺得這麼做是在接受您已經不在的事實，有一種認輸投降的意味，也害怕在您消失的位子上只留下空虛和無助。不過，這次特地前往昭陽里之後我才明白，那裡其實還充斥著您的痕跡，包括和您一起聆聽的風聲，以及陽光底下的回憶，都還完好地保存在那裡。時間在那裡停止，記憶隨時可以重播。

然後那裡也有了新的開始。倉庫搖身變成咖啡廳，我看著被重新打磨得光滑柔順的柱基石，彷彿見到另一種版本的您，到訪該處的客人應該也會因為昭陽里小書廚房的溫暖而得到安慰，重拾力量。我在那裡看著夜空，心想說不定您已化作星星，日後也會持續照亮那個地方。陳列在那裡的書籍會帶領人們前往故事的世界，人們也會因為那裡播放的音樂而感受到自由。

我今天做了一首專門為您寫的演奏曲，沒有收錄我的聲音，也沒有炫麗的技巧或令人期待的變化，卻是最符合我的一首曲子。很像昭陽里山腳處傳來的風聲，也像夏威夷的海浪聲，以及密佈在夜空中的星光，真希望能和您一起聆聽。奶奶，您應該也在某處聽著這首曲子吧？演奏時，我暗自祈禱可以傳遞至宇宙某處。

奶奶，愛你喔！

您的孫女　多仁

海浪聲像是在回應多仁似的，發出平靜而緩和的「唰——」的聲響。多仁沒有流淚，因為那是個十分平和、幸福且溫暖的夜晚，不太適合難過。多仁重聽了一次鋼琴演奏曲的試聽樣本，然後沉沉睡去，就像當年在奶奶的膝蓋上睡著一樣溫馨。

尾聲二

# 一年前的今天

玻璃自動門一打開，映入眼簾的是豪華氣派的大廳，天花板高十米的一樓大廳像極了正方形的灰色紙箱。靠在窗邊的矮桌和挑高天花板形成對比，更凸顯出大廳的空間感。

柳真右手提著手提包，下意識地攥緊手，汽車喇叭聲、紅綠燈等待音從身後傳來。她回頭瞥了一眼，看見華麗大樓櫛比鱗次的江南德黑蘭路，然後回過頭去，看向正前方，做一次深呼吸，走進大廳。

「柳真，這裡！過去這些日子實在是辛苦你了。」

學長從窗邊的座位起身叫住柳真，他身邊的工作夥伴也熱情十足，和柳真打招呼後便一個箭步上前迎接。

「學長也是，姜科長您也辛苦了。不過，真的不用舉行開幕儀式嗎？」

「柳真，最近誰還在舉行剪綵儀式啊？太過時了，浪費時間也浪費錢。

既然是為了閱讀而打造的空間，只要能閱讀不就好了嗎？」

那天是學長任職的公司社內圖書館的開幕日，一樓大廳一隅有著四面七米高的開放式書櫃做成的書牆，地板鋪設人工草皮，還有各種植栽佈置，呈現類似庭院的氣氛。另外也有小木屋造型的單人座，以及可以讓人放鬆躺著閱讀的懶骨頭沙發。架上的書籍種類繁多，從漫畫到量子物理學等主題十分多元，並以心靈可以暫時得到休息的輕鬆好讀小說及散文進行選書策劃。

時值上午十點，公司職員已經三三兩兩聚在一塊兒，人手一杯咖啡，一邊閒聊一邊挑選要閱讀的書籍。學長、姜科長和柳真三人就像主廚觀察著客人將自己精心料理的餐點吃下後的反應，仔細看著前來圖書館的人們面帶什麼表情。

姜科長說：「老闆，聽說社內圖書館在員工之間的評價都不錯，反應良好。」

「喔，是嗎？」

「是啊，以植栽裝飾室內也剛好和圖書館的名字很契合。」

柳真微笑地看著圖書館入口處的招牌——「心靈漫步」，她想起了笑起來會變成瞇瞇眼的世璘。

「這是昭陽里小書廚房工作夥伴想出來的點子，希望能讓大家在首爾市中心也能體驗到宛如在昭陽里悠閒散步的感覺，藉此放鬆一下心情。」

此時，柳真的手機發出提醒通知：

「一年前的今日照片」

她點開通知，隨即出現被強風吹亂髮絲、手拿布條的亨俊和時禹。時禹笑得燦爛，亨俊則維持他一貫的面無表情；接著是陽光灑進正在做最後驗收的小書咖啡廳裡的照片，以及擺滿食物的晚餐餐桌，還有星星彷彿全部傾瀉而出的閃耀夜空。柳真原本忐忑不安的心瞬間平緩許多，內心也被思念填滿。

柳真目不轉睛地盯著照片中的亨俊和時禹看，因為她想到今天回去昭陽里小書廚房就看不見這兩個傢伙了。亨俊目前正以作詞家的身分參與音樂專輯製作，要在首爾待上幾個月；時禹則是工作滿一年來第一次休假，正和朋友們展開旅行。雖然時禹後天就會回去昭陽里小書廚房上班，但是亨俊不曉得還會在首爾待多久，也不知道做完專輯後會不會回去昭陽里。

柳真回想起一切剛開始的時候，那個茫然無措、充滿不確定的昭陽里小書廚房。一年前的起點陌生又尷尬，然而，當時擔憂的事情一件都未發生，也許是多虧了這些人的關係，也或者是多虧了這個場所，原本期望能夠填補人們空虛心靈的空間，最終竟也填補了自己的心靈。

轉眼間，柳真的人生已經翻開新頁，在昭陽里的一年期間，柳真變了，雖然不能很有把握地說那是成長，但可以肯定的是，一年前的柳真和今天的柳真絕對是截然不同的兩個人，包括時禹、亨俊、世璘也是。

柳真發動車子。她剛和前輩、姜科長吃完午餐，正準備回去昭陽里小書廚房。沒有時禹和亨俊的昭陽里，光想就覺得心情有點微妙。車子穿過首爾德黑蘭路的摩天樓叢林，沿著每天都很壅塞的京釜高速公路行駛一小時左右，才開始看見熟悉的山稜。柳真在蜿蜒狹窄的公路上駕駛，車子開始出現些微晃動，到轉彎處的時候，搖晃更加明顯，這下她才終於有回到家的感覺。

如今，昭陽里小書廚房已經是柳真的家，雖然已是三月中旬，山頂仍有白雪覆蓋，山脊下方則有嫩綠色的枝芽像模糊的記憶般浮現，然後，在另一頭的山腳處可以看見昭陽里小書廚房靜靜坐落。柳真希望，每當人生遇到踉蹌的時候，這裡會是能讓心靈放鬆的地方，或者是某人的祕密基地。

柳真停好車，往昭陽里小書廚房緩緩走去，一隻白色的珍島犬搖著尾巴跑過來，牠是柳真一個月前領養的寵物犬，取名為「小漫步」。世璘緊跟在小狗身後，大呼小叫地跑出來，後來才知道，原來世璘本來在幫小漫步繫牽繩，不曉得牠是何時發現柳真的，一見到柳真回來就直奔戶外。從小書咖啡廳外往內看，客人們坐著閱讀、閒聊的畫面如電影裡的場景。

這時，一陣梅花香撲鼻而來，像是在表示該輪到自己出場似的。盛開的梅花和白雪融合，飄散甜蜜高雅的氣味。在太陽還未完全落下的昭陽里，皎潔的明月已高掛天空，像極了一幅畫。

（完）

# 作者後記

那是某個剛從出差地搭乘晚班飛機回國的日子，我在偌大的機場等待登機，獨自坐在候機室裡看著高掛夜空的滿月。當時我應該是在思忖自己的人生正站在一條岌岌可危的分界線上，就如同停留在國籍模糊的空間——候機室裡一樣。我的人生沒有明確落地生根在此處或者勇敢把一隻腳伸進他處，感覺一直維持在候機的狀態。

回顧我的三十世代，和等待飛機的候機室十分相像，且意外地在人生分界地帶停留了好長一段時間。有別於我預想的時間表，不斷出現「延遲」和「延誤」，有時甚至還會顯示「班機取消」。在結婚、離職、工作、育兒的海浪中拚命掙扎，同時內心也紛擾不休。當其他人都紛紛搭上如火箭般龐大的飛機趕忙回家，或者優雅地成功換機前往不同世界，我感覺只有自己是一直留在候補名單上的人。也許外表上看來活潑樂天，但其實三十世代的我，一直都抱持著站在一條無形分界線上的心情，如履薄冰地活著。

二〇二〇年夏天，我基於各種原因選擇離職，開始從事翻譯工作。隨著新冠疫情進入長期化，與突如其來的離職相結合，有一種世界彷彿在我面前瞬間拉下了鐵門的感覺。我其實需要某種可以連結的世界，所以開始大量閱讀小說和散文，壓力大的時候，閱讀是我長年以來的習慣。接著，過沒多久，我的內心深處便產生了渴望。與其說是對寫作的渴望，不如說是倘若不寫出來就難以排解的渴望更為精準。然後就在我邁入不惑之年的二〇二一年春天，我開始幻想有個昭陽里小書廚房這樣的世界。

我從三十歲起就一直用心傾聽從未間斷過的苦惱、複雜、吵雜心聲，希望能有一處讓心靈暫時得到放鬆、安慰與鼓勵的空間，所以我是以三十歲的自己要是能讀到這本書該有多好的心情寫下這本書。為了回顧我的三十世代、回想起那些幸福片段而創造出昭陽里小書廚房的世界。假如三十歲的我曾讀到這個故事，說不定就能以更為舒心、淡然自若的心情，默默行走在我三十世代的黑暗隧道中也說不定。假如我的小孩三十歲左右的時候還能讀到這本書，我會認為自己已是幸福之人。我暗自期待並祈禱著，就如同繞過遙遠漫長歲月最終還是變成了引人注目的星星一樣，我相信總有一天，我的故事也會繞回到孩子身邊，被他們閱讀。

我和昭陽里小書廚房的那些角色人物愈來愈要好，也像是在故事裡的世界旅行了四個季節。我描述著四季變幻時大自然的變化，面對每個有如三十世代春、夏、秋、冬的故事，真心感覺自己就像活在那個當下和時節。每天早上坐在住家附近的咖啡廳裡閱讀並寫小說這件事，比我想像中還要有趣，提筆寫作時，我看著馬耳山的神祕風景照，想像著森林裡的風會如何吹拂、陽光會如何灑落，並想著太陽西下繁星閃耀時，和思念的人一同閒聊，吃上一頓溫暖的晚餐一定很棒；於是不知不覺間，小說裡的人物便開始彼此相遇、一同用餐、聽音樂、聊書喝酒，而我也彷彿坐在他們身旁一起徹夜聊天。

我寫著人生第一本小說，真心倍感幸福。正因為從未想過有人會真的閱讀我寫的故事，所以坦白說現在的心情有點緊張。然而，要是能將邊寫邊感受到的幸福傳遞給大家，我想，也等於是讓這個故事善盡其角色吧。

我希望，看著閃閃發光的星星可以深受感動，聽著夏天的梅雨聲可以打一通電話給能夠掏心掏肺的好朋友，望著秋高氣爽的天空和寂寞的陽光則能想起過往常聽的歌曲。也盼望閱讀這本書的人能夠重新想起沉睡已久的溫暖記憶，要是可以在憂鬱沉悶的現實裡想起春陽般溫馨的歌曲、故事、人，自然是再好不過了。願停留在人生機場候機室裡焦慮不安的心，能夠得到短暫歇息，並且充飽電力，讓自己足以跨越分界線，勇往直前。

春夏之間，小書廚房的某處

CLOSED

# 引用出處

**第一章　與奶奶的夜空**

書籍：《冬季裡的一週》，*A Week in Winter*，梅芙・賓奇（Maeve Binchy）。

**第二章　再見，我的二十世代**

書籍：《山茶花文具店》，ツバキ文具店，小川糸。

**第三章　最佳路徑與最短路徑**

音樂：〈Over The Rainbow〉（《綠野仙蹤》主題曲），茱蒂・嘉蘭（Judy Garland），一九三九年。

書籍：《綠野仙蹤》，*The Wizard of Oz*，李曼・法蘭克・鮑姆（Lyman Frank Baum）。

**第四章　仲夏夜之夢**

書籍：《沼澤女孩》，*Where the Crawdads Sing*，迪莉婭・歐文斯（Delia Owens）。

**第五章　十月第二個星期五早上六點**

書籍：《清秀佳人》，*Anne of Green Gables*，露西・莫德・蒙哥馬利（Lucy Maud Montgomery）。

**第七章　因為是聖誕節**

音樂：〈Waltz for Debby〉，比爾・埃文斯（Bill Evans），二〇一〇年。

書籍：《蝴蝶》，江國香織著，松田奈那子繪。

文學森林LF0175C

# 來小書廚房住一晚

책들의 부엌

作　　者　金智慧（김지혜）
譯　　者　尹嘉玄
封面及內頁插畫　Banzisu
封面設計　張添威
內頁排版　立全排版
責任編輯　詹修蘋
行銷企劃　黃蕾玲、陳彥廷
版權負責　陳柏昌、李家騏
副總編輯　梁心愉

發行人：葉美瑤
出版：新經典圖文傳播有限公司
地址：10045臺北市中正區重慶南路一段五七號十一樓之四
電話：886-2-2331-1830　傳真：886-2-2331-1831
讀者服務信箱：thinkingdomtw@gmail.com
臉書專頁：http://www.facebook.com/thinkingdom/

總經銷：高寶書版集團
地址：11493臺北市內湖區洲子街八八號三樓
電話：886-2-2799-2788　傳真：886-2-2799-0909
海外總經銷：時報文化出版企業股份有限公司
地址：桃園市龜山區萬壽路二段三五一號
電話：886-2-2306-6842　傳真：886-2-2304-9301

初版一刷　二〇二三年七月三日
定價　新台幣四〇〇元





This book is published with the support of the Literature Translation Institute of Korea (LTI Korea).

Printed in Taiwan

國家圖書館出版品預行編目(CIP)資料

來小書廚房住一晚/金智慧著；尹嘉玄譯. -- 初版. -- 臺北市：新經典圖文傳播有限公司, 2023.07
296面；14.8x21公分. -- (Literary Forest；LF0175C)
ISBN 978-626-7061-72-5(平裝)

862.57　　112007846